Julia Sievers Der todgeweihte Teenager und der Lehrer

Julia Sievers

Der todgeweihte Teenager und der Lehrer

Ein außergewöhnlicher Unterricht über das Leben und das Sterben

IDEA

Die Deutsche Bibliothek – CIPEinheitsaufnahme

Julia Sievers
Der todgeweihte Teenager und der Lehrer
Julia Sievers– Palsweis, IDEA 2022

ISBN 978-3-88793-274-9

Bibliografische Information der Deutschen Nationalbibliothek:
Die Deutsche Nationalbibliothek verzeichnet
diese Publikation in der Deutschen Nationalbibliografie;
detaillierte bibliografische Daten sind im Internet über
dnb.d-nb.de abrufbar.

Coverbildgestaltung: Media Design
Umschlaggestaltung: Mia Design, München
ISBN 978-3-88793-269-5

www.idea-verlag.de

In jedem von uns liegt ein ganzes Universum verborgen

»Nein!«, schrie Luc und sprang so heftig von seinem Stuhl auf, dass dieser nach hinten kippte. »Ich will keinen Lehrer, keine Selbsthilfegruppe oder sonst irgendwas! Ich will nur meine Ruhe! Lasst mich doch einfach in Ruhe sterben!« Luc stürmte die Treppe nach oben und haute seine Zimmertür hinter sich zu. Seine Eltern, die noch immer mit einem etwas jüngeren Mann zusammen am Esstisch saßen, schauten betreten zu Boden. Lucs Mutter, Silke Berens, schluckte schwer und kämpfte damit, nicht in Tränen auszubrechen. »Das war deutlich«, sagte der jüngere Mann und lächelte dabei. Er versuchte, die verkrampfte Lage zu entspannen. »Vielleicht war das eine dumme Idee von mir gewesen«, gab Henry Berens, Lucs Vater, zu und schaute den jüngeren Mann an. »Ich bitte um Entschuldigung! Nun sind sie umsonst hierhergekommen.« »Wer weiß«, sagte dieser, »vielleicht überlegt es sich Luc ja noch einmal anders. Darf ich ihm meine Karte unter der Zimmertür durchschieben?« »Natürlich«, antwortete Lucs Vater eilig, »auch, falls sie noch einen anderen Einfall haben. Wir sind für jede Idee offen, die unseren Sohn aus seinem Zimmer locken könnte.« Da blitzten die Augen des jüngeren Mannes auf und er kritzelte ein paar Wörter auf drei Karten. Zwei Karten schob er Lucs Eltern zu und wies sie an, bei welchen Gelegenheiten sie die Karten Luc zuspielen sollten. Die dritte Karte schob er selbst unter Lucs Zimmertür hindurch, bevor er sich von den Berens verabschiedete und das Haus verließ.

Luc bekam von dieser Absprache nichts mit. Er lag auf seinem Bett und starrte an die Decke. Seine Musik hatte er extrem laut aufgedreht, sodass das Dröhnen in seinen Ohren beinahe seine Gedanken übertönte.

Luc hatte einen Hirntumor. In einer bereits erfolgten Operation konnte dieser nicht vollständig entfernt werden. Vor der Operation waren die Ärzte noch optimistisch gewesen. Doch inzwischen hatten sie die Hoffnung aufgegeben und sprachen nur noch von ungünstigen Heilungsaussichten. Die Worte *Tod* und *Sterben* nahm in Lucs Gegenwart niemand in den Mund. Alle redeten nur um den heißen Brei herum. Doch Luc wusste, dass er unheilbar krank war und bald sterben würde. Wann genau, konnte niemand vorhersagen. Durch Chemo- und Strahlentherapien wurde der Hirntumor bekämpft und seine Lebenszeit verlängert. Doch die Therapien konnten das Wachstum des Tumors nicht aufhalten, sondern nur verlangsamen.

Vor einem Jahr war Luc noch ein ganz normaler Jugendlicher gewesen. Und jeder hatte ihm eine großartige Zukunft vorausgesagt. Er war schön und schlau gewesen und hatte nicht nur viele Freunde, sondern immer auch noch das neuste Handy gehabt. Als Erwachsener hätte er eines Tages den Betrieb seines Vaters übernommen. So war zumindest der Plan gewesen - doch dann war alles anders gekommen. Es hatte urplötzlich damit angefangen, dass er immer wieder starke Kopfschmerzen und Schwindelattacken erlitt. Nach unzähligen Arztbesuchen und Untersuchungen stand schließlich die Diagnose fest: Luc hatte ein äußerst seltenes Ependymom, ein Tumor im Zentralnervensystem - genauer gesagt im Gehirn. Mit gerade einmal siebzehn Jahren breitete sich in seinem Kopf unaufhaltsam ein Tumor aus und es war nur eine Frage der Zeit, bis der Krebs seine Lebensenergie aufzehrte. Doch seine Eltern schienen das nicht begreifen zu wollen! Immer wieder wollten sie Luc zu neuen Spezialisten oder Wunderheilern bringen oder ihn zumindest in irgendwelchen Selbsthilfegruppen unterbringen. Aber den Krebs konnte man eben weder weg zaubern noch weg reden. Wenn seine Eltern ihn doch einfach nur in Ruhe lassen würden! Doch die kamen immer wieder mit neuen Ideen an, so wie auch heute Abend. Der jüngere Mann mit Namen Jonas Sommer sollte Lucs Privatlehrer werden. Lehrer! Bei dem Gedanken musste Luc beinahe lachen. Wie als ob Luc noch Wissen über Geografie oder mathematische Gesetze auf dem Friedhof bräuchte. Sollte er etwa einst vom Himmel herabblicken und seiner Mutter zuraunen: »Mama, ordne die Stiefmütterchenreihe als gleichschenkliges Dreieck an!« *Mist* - das mit dem Nichtdenken hatte wieder einmal nicht funktioniert! Also drehte Luc die Musik noch weiter auf. Nun war die Musik so laut, dass Luc nur noch ein Hämmern und Dröhnen in seinem Kopf wahrnahm.

Im Wohnzimmer brach schließlich Lucs Mutter in Tränen aus. Sie konnte den ewigen Krach von Lucs Stereoanlage nicht mehr ertragen! Mit Lucs Diagnose war auch ihr Leben in die Brüche gegangen. Sie hatte ihren Beruf gekündigt und keine ihrer Freundinnen mehr getroffen, um immer und zu jeder Zeit für ihren Sohn da zu sein. Sie hatte bei Lucs Operation mitgefiebert und hatte während seiner ersten Chemotherapie auf einer Elternliege im Krankenhaus geschlafen. Und was war dabei herausgekommen? Ein schwerkranker Sohn, der sich in seinem Zimmer verbarrikadierte und nur noch das allernotwendigste mit seinen Eltern sprach. Und ein Ehemann, der kaum mehr zu Hause war, sondern all seine Zeit in seinem Betrieb verbrachte. Dann fiel ihr Blick auf die beiden Karten, die Jonas Sommer dagelassen hatte. Hoffentlich würden sie etwas in ihrem Sohn bewegen!

Am nächsten Morgen wachte Luc auf, weil seine Blase drückte. Missmutig befreite er sich aus seiner Bettdecke und stand auf. Sein Zimmer verließ er in letzter Zeit eigentlich nur noch im Notfall, nämlich, wenn er auf die Toilette musste. Selbst zum Essen blieb er in seinem Zimmer. Das Wenige, was er noch aß, brachte ihm seine Mutter auf einem Tablett.

Als Luc seine Zimmertür erreichte, fiel ihm auf dem Boden eine kleine Karte auf. Neugierig hob er sie auf. In schwungvollen Buchstaben standen dort Fragen geschrieben: *Wer ist schuld an deinem Leiden? Darfst nur du allein auf dieser Welt leiden?* Die Fragen brachten Luc völlig aus dem Konzept und er blieb irritiert stehen. Wenn er ehrlich war, gab er oft seinen Eltern die Schuld an seinem Leiden. Zumindest ließ er seinen Frust an ihnen aus und hatte aus Missmut heraus aufgehört, mit ihnen zu sprechen. Ihre aufgesetzte gute Laune und ihre Versuche, ihn zu irgendwelchen Aktivitäten zu überreden, ärgerten ihn. Auf der Metaebene betrachtet, war ihm natürlich klar, dass nicht sie die Schuld an seinem Tumor trugen. Daran hatte eigentlich niemand Schuld. Außer vielleicht Gott! Und an seinen Leidgefühlen - nun ja - damit hatte möglicherweise er selbst etwas zu tun. Aber die zweite Frage konnte er eindeutig mit *ja* beantworten: Seiner Meinung nach hatte nur er, Luc Berens, das alleinige Recht zu leiden! Alle anderen hatten schließlich keine tödliche Krankheit. In seinem Herzen wusste er jedoch, dass auch seine Eltern unter seinem Schicksal litten.

Die Karte begann Luc zu ärgern und er drehte sie um. Auf der anderen Seite der Karte stand geschrieben: *Wenn du bereit bist, dein Schneckenhaus (dein Zimmer) zu verlassen und dich deinem Schicksal zu stellen, dann komme ich gerne zum Unterricht vorbei! Grüße Jonas Sommer.* Von ihm war die Karte also. So ein aufgeblasener Affe! Was bildete der sich eigentlich ein? Luc ärgerte sich furchtbar. Da fiel ihm wieder ein, dass er ja eigentlich auf die Toilette musste und er setzte seinen Weg fort. Er war froh, dass er direkt gestern Abend den Vorschlag vom Privatunterricht abgelehnt hatte. Auf so einen überheblichen Lehrer hatte er überhaupt keine Lust! Wie konnte er es sich nur herausnehmen, Luc aufzufordern, sich seinem Schicksal zu stellen. Das tat er ja bereits! Eben nur auf seine Art und Weise und nicht so, wie sich das die Gesunden von ihm wünschten. Die Gesunden würden es nämlich gerne sehen, dass er mit einem Lächeln auf dem Gesicht herumlief und so tat, als ob alles in bester Ordnung sei. Aber das war es eben nicht!

Erleichtert pinkelte er und wusch sich danach die Hände. Als er aufblickte, sah er am Spiegel eine weitere Karte kleben. Das durfte doch nicht wahr sein! *Bist du der Junge im Spiegel oder der dahinter?* Stand darauf geschrieben. Pah, *Junge!* Ein Junge war er schon lange nicht mehr! Eigentlich fühlte er sich seit seiner Erkrankung ziemlich alt. Er betrachtete sein Spiegelbild genauer. Ein bleicher und dünner Jugendlicher blickte ihn an. Dieses Spiegelbild war er sicherlich nicht! Aber mit dem dünnen und bleichen Jugendlichen hinter dem Spiegel, der er inzwischen war, wollte er sich auch nicht so recht identifizieren.

Früher hatte er gerne in den Spiegel gesehen. Minutenlang hatte er morgens jede Haarsträhne einzeln geordnet, bis alles richtig gestylt war. Danach war er gutgelaunt in die Schule gegangen und hatte seine Freunde getroffen. Dieser lebenslustige Jugendliche war er gerne gewesen. Inzwischen fühlte er sich jedoch eher wie ein alter, verbitterter Mann. Doch der wollte er auf keinen Fall sein! Luc konnte also nur feststellengestellt, wer er alles nicht war. Doch wer war er eigentlich?

Zurück in seinem Zimmer ließ er sich seufzend auf sein Bett fallen. Die Fragen hatten sich in seinem Kopf festgesetzt und ließen ihn nicht mehr los. Luc begann die Musik aufzudrehen, um seine Gedanken zu übertönen.

Für seine Mutter war das das Zeichen, dass Luc wach war. Und sie begann, in der Küche ein kleines Frühstück für Luc vorzubereiten. Sie gab sich jedes Mal besonders viel Mühe, denn sonst konnte sie nicht viel für ihren Sohn tun. Außer den üblichen Lebensmitteln zum Frühstück legte Silke Berens an diesem Morgen noch die zweite Karte, die sie gestern Abend von Jonas Sommer erhalten hatte, auf das Essenstablett. Sie fand die Fragen, die auf den Karten standen, ungewöhnlich. Dennoch hatte sie die erste, wie mit Jonas Sommer besprochen, an den Spiegel im Badezimmer geklebt. Denn Luc ließ niemanden an sich heran und sie war inzwischen selbst sehr verzweifelt. So war ihr jede Maßnahme recht, die ihren Sohn aus seiner Isolation hervorlocken würde. Und Jonas Sommer war charismatisch. Vielleicht würde es ihm ja gelingen, zu Luc durchzudringen.

Lucs Vater, Henry Berens, hatte Jonas Sommer in dessen Beratungspraxis kennengelernt und war seinem besonderen Charm erlegen. Obwohl Jonas Sommer jünger als Henry Berens war, hatte er ein großes psychologisches Wissen und ein besonderes Feingespür für Menschen - was ihn zu einem äußerst erfolgreichen Lebensberater und Coach machte, der landesweit gebucht wurde. Und bei einer ihrer gemeinsamen Beratungssitzungen war Henry Berens spontan die Idee gekommen, diesen jungen Mann als Privatlehrer für seinen Sohn zu engagieren. Er selbst fühlte sich nach jeder Sitzung mit Jonas Sommer gut und erleichtert. Und so dachte er, dass dies vielleicht auch seinem Sohn so ergehen würde. Henry Berens hatte Jonas Sommer viel Geld dafür geboten, dass er seinen Sohn zu Hause coachte. Und Jonas Sommer reizte die besondere Herausforderung, mit einem schwerkranken Jugendlichen zu arbeiten. Außerdem empfand er Mitgefühl für die schwere Situation, in der Familie Berens steckte, und wollte gerne auf irgendeine Art und Weise helfen. Henry Berens fand seine Idee genial! Nur leider hatte sich Luc, die einzige nicht planbare Variable, quergestellt.

Silke Berens klopfte an die Zimmertür ihres Sohnes und trat dann ein. Sie begrüßte Luc und stellte das Tablett auf seinen Nachttisch. Irgendetwas kam ihr heute anders vor als sonst. Luc schaute sie an! In letzter Zeit hatte er immer nur aus dem Fenster gestarrt, wenn sie sein Zimmer betreten hatte. Doch heute musterte Luc seine Mutter. Sie hatte tiefe Ringe unter ihren Augen und ihre Haare waren vollständig ergraut. Früher waren sie Kastanienbraun gewesen. »Färbst du dir deine Haare eigentlich nicht mehr?«, fragte Luc. »Hmm«, seufzte seine Mutter. Sie strich sich durch ihre Haare und gab zögernd zu: »Ich sollte mal wieder zum Frisör gehen. Nur will ich dich nicht allein lassen! Falls irgendetwas ist und du mich brauchst.« »Mensch Mama!«, rief Luc entrüstet aus. »Ich bin doch kein Baby mehr.« Dann starrte er sie intensiv an, um herauszufinden, ob hinter ihrer Antwort vielleicht noch mehr steckte. »In der Stunde, in der du beim Frisör sitzst, werde ich schon nicht sterben!«, stellte er fest. Ein Ausdruck des Schmerzes huschte über Silke Berens Gesicht und sie blickte betreten zu Boden. Auch seine Mutter litt - das konnte Luc ihr nun zugestehen, ein kleines bisschen zumindest. Versöhnlich richtete Luc eine Frage an seine Mutter: »Sag mal Mama, wer bin ich eigentlich?« Überrascht blickte Silke Berens auf und antwortete schlicht: »Luc Berens, mein wundervoller Sohn!« Die Frage auf der Karte konnte also ganz einfach oder sehr kompliziert beantwortete werden. »Soll ich mich noch ein bisschen zu dir setzten, während du isst?«, fragte sie, ermutigt durch Lucs Kontaktaufnahme. Doch Luc verneinte abrupt: »Nein Mama, geh lieber zum Frisör!«

Und das tat Silke Berens dann auch. Sie kramte ihre Handtasche hervor und verließ seit Tagen zum ersten Mal das Haus. Ihr Sohn war krank. Doch sie hatte sich unbewusst selbst wie eine erkrankte Person verhalten - war nicht mehr aus dem Haus gegangen und hatte sich auch sonst keinen Spaß erlaubt. Indem sie selbst litt, wollte sie stellvertretend das Leid für Luc tragen. Aber das hatte ganz und gar nicht funktioniert!

Luc war in der Zwischenzeit wieder eingeschlafen. Sein Körper war durch die Strahlen- und Chemotherapien geschwächt und der Druck in seinem Kopf ermüdete ihn zusätzlich. Als er wieder aufwachte, hatte er Hunger. Auf dem Tablett lagen zwei Scheiben Toastbrot. Eine aß er und die andere durchlöcherte er mit seinem Finger. Als er anschließend zum Wasserglas griff, fiel ihm auf, dass unter dem Glas eine weitere Karte lag. Verärgert verdrehte er seine Augen. Die Karten lauerten ihm scheinbar überall auf und brachten ihn aus seiner Ruhe. Er ließ die Karte einfach unbeachtet liegen. Doch nach fünf Minuten wurde es ihm langweilig im Bett und so nahm er die neue Karte schließlich doch in seine Hände. Es stand wieder eine Frage darauf: *Erfüllst du deine Lebensaufgabe?* Da musste Luc beinahe lachen. Wenn sterben seine Lebensaufgabe war, dann erfüllte er sie wohl. Falls es noch eine andere Aufgabe für ihn gab, dann wohl eher nicht. Den Betrieb seines Vaters würde er zumindest niemals übernehmen. Denn sein Leben würde enden, noch bevor er erwachsen wäre.

Und während er über all dies nachdachte, brach plötzlich der Schutzdamm ein, den Luc all die letzten Wochen mittels lauter Musik und Isolation aufrechterhalten hatte. Die schmerzhaften Gefühle trafen ihn mit voller Wucht. Zornig zerknüllte er die Karte und schleuderte sie fort. Dann brach er in Tränen aus und weinte für eine lange Zeit. Danach folgte so etwas wie Frieden.

Silke Berens ging nicht nur zum Frisör, sondern saß auch noch ein Weilchen in ihrem Lieblingscafé. Als sie schließlich wieder nach Hause kam, stellte sie überrascht fest, dass Luc im Wohnzimmer auf dem Sofa lag und fernsah. Normalerweise hielt er sich nur in seinem eigenen Zimmer auf. Silke Berens beschloss, das nicht weiter zu kommentieren. Stattdessen lief sie zum Telefon und wählte die Nummer von Jonas Sommer. Sie bat Jonas Sommer darum, noch einmal bei ihnen vorbei zu kommen und mit Luc zu sprechen. Sie schrieb die positive Veränderung, die in Luc vorging, den Karten von Jonas Sommer zu.

Am nächsten Tag klingelte Jonas Sommer an der Haustür. Silke Berens führte ihn ins Wohnzimmer. Dort saß Luc wieder auf dem Sofa und schaute Fernsehen. Als er Jonas Sommer erblickte, schaltete er den Fernseher aus. »Hallo Luc«, begrüßte ihn Jonas Sommer und setzte sich zu ihm auf das Sofa. Dann schaute er ihm intensiv in die Augen und fragte: »Na, hast du es dir anders überlegt mit dem Unterricht?« »Was soll das für ein Unterricht werden?«, entgegnete Luc spöttisch. »Der Idiotische-Fragen-Stellen-Unterricht oder was?!« Da musste Jonas Sommer laut auflachen, was ihm eine unglaubliche Sympathie verlieh. Ohne eine Spur von Beleidigung antwortete er sanft: »Du darfst dir aussuchen, was du für einen Unterricht möchtest. Wenn dich Sinnfragen interessieren, können wir sehr gerne darüber sprechen.« »Sinnfragen?«, fragte Luc nach. »Wird das dann ein Philosophie Unterricht?« »Nein, das wird kein reiner Philosophie Unterricht«, antwortete Jonas Sommer. »Ich möchte nicht mit dir die Reden von verstorbenen Männern durchkauen und mich in verstandesmäßigen Detailfragen verlieren. Das geht mir nicht tief genug. Ich würde mir viel lieber mit dir zusammen anschauen, wie die verschiedenen Weltreligionen und weitere weise Männer und Frauen Sinnfragen beantworten. Und wir können auch über unsere

eigenen Antworten sprechen.« Jonas Sommers Augen begannen zu leuchten und er wirkte noch anziehender. Doch Luc wollte es ihm nicht so einfach machen. »Das bringt doch alles nichts!«, rief er aus. »Ich werde ja sowieso nie wieder irgendwo hin gehen oder irgendetwas machen. Da brauche ich auch überhaupt gar nichts mehr lernen. Wieso könnt ihr Erwachsenen mich nicht einfach in Ruhe lassen?!«
»Es ist deine Entscheidung, Luc. Ich will nichts von dir. Ich kann hier zur Tür hinauslaufen und Paragleiten gehen. Aber du könntest vielleicht noch etwas von mir lernen. Du könntest deine letzten Lebenstage voll ausnützen zum Lernen, zum Spielen oder zu was immer du gerne machen möchtest. Oder du verbringst deine Zeit damit, grummelig auf dem Bett herumzuliegen, es deinen Eltern möglichst schwer zu machen und auf den Tod zu warten.« Jonas Sommer zuckte mit den Schultern und lehnte sich zurück.

»Aufgeblasener Affe!«, dachte Luc. Aber insgeheim rechnete er es Jonas Sommer hoch an, dass er das Wort *Tod* ganz selbstverständlich in seiner Gegenwart verwendete. Alle anderen umschifften dieses und ähnliche Worte stets sorgfältig. So murmelte Luc nur noch halbherzig: »Das ist doch vergebliche Mühe! Alles, was ich noch lernen würde, wäre vergeblich. Denn ich werde nirgends mehr hingehen und so das Gelernte auch nicht mehr verwenden können.« Da richtete sich Jonas Sommer auf und schaute Luc intensiv in die Augen. »Dann pass jetzt gut auf!«, forderte er Luc auf. »Denn unser gemeinsamer Unterricht beginnt sofort und dein erstes Lernziel lautet: Begreife, dass du dich selbst begrenzt. Du setzt dir in deinem Kopf selbst Grenzen. Wenn du glaubst, dass du neues Wissen nicht mehr einsetzten und auch nirgendwo mehr hingehen kannst, dann wird es auch so sein. Wenn du jedoch flexibel bleibst und darüber nachdenkst, wie du trotz deiner Lage noch etwas bewirken kannst, wirst du auch einen Weg finden.

Eigentlich ist es doch ganz einfach: Wenn du nicht mehr in die Welt hinaus gehen kannst, dann lädst du die Welt eben zu dir ein.«
»Wie meinst du das?«, fragte Luc neugierig nach. Er lauschte gebannt den Worten von Jonas Sommer. Zwar verstand er nicht

alles, doch er ahnte, dass Jonas Sommer ihm etwas Wichtiges mitteilte und dass er sich möglicherweise die ganzen letzten Wochen über selbst begrenzt hatte. »Nutze doch einfach das Internet. Du kannst zum Beispiel über Social Media Plattformen und andere Websites mit der Welt in Kontakt treten.«

Aus lauter Frust über sein Schicksal hatte Luc aufgehört, mit seinen Freunden zu sprechen und zu schreiben. Aber er könnte durchaus mal wieder ein Lebenszeichen von sich geben. Vielleicht könnte er seinen alten Freunden sogar den Tipp weitergeben, dass sie sich selbst nicht so viele Grenzen setzen sollten.

Nach einer kleinen Pause sagte Luc schließlich: »Ich will, dass du mein Lehrer wirst. Ich will einen Unterricht über das Leben und das Sterben.« Da musste Jonas Sommer erneut lachen und er sagte: »Einverstanden! Ein Unterricht über das Leben und das Sterben klingt gut. Ich werde am Freitagvormittag wieder vorbeikommen.« Und dann verabschiedete sich Jonas Sommer von Luc und verließ das Haus der Berens.

Luc aber ging in sein Zimmer und klappte seinen Laptop auf. Er öffnete seine Social Media- Seiten. Zuallererst veränderte er die Einstellungen, sodass nicht nur seine Freunde, sondern jeder Internetuser seine Nachrichten lesen konnte. Und dann schrieb er:

> Hey Leute,
> entschuldigt, dass ich mich so lange nicht mehr bei euch gemeldet habe. Hinter mir liegt eine harte Zeit. Wer mich noch nicht kennt: Ich bin Luc. Ich bin siebzehn Jahre alt und ich werde bald sterben. Vor kurzem war ich noch ein ganz normaler Jugendlicher, so wie ihr. Doch dann habe ich plötzlich Schwindelanfälle und starke Kopfschmerzen bekommen. Die Ärzte haben festgestellt, dass in meinem Kopf ein Tumor ist. Und der breitet sich immer weiter aus.
> Statt mit euch im Skaterpark abzuhängen und in die Schule zu gehen, liege ich nun im Bett herum und döse vor mich hin. Erst

jetzt weiß ich, wie schön mein Leben vor kurzem noch war. Ich konnte überall hingehen und alles machen.
Ihr könnt noch alles machen. Macht es auch, verschiebt nichts mehr auf morgen!
Meine Eltern haben mir einen Privatlehrer besorgt. Der hat vielleicht einen an der Waffel! Er will mit mir einen Unterricht über das Leben und das Sterben machen und stellt mir lauter komische Fragen. Zum Beispiel hat er gefragt, wer ich wirklich bin und ob ich meine Lebensaufgabe erfülle. Was denkt ihr darüber und was ist eure Antwort? Schreibt mir!
Euer Luc

Dann klappte Luc seinen Laptop wieder zu und ruhte sich den restlichen Tag über auf seinem Bett aus. Abends schaute er auf seinen Seiten nach. Zwanzig Kommentare hatte er erhalten! Die meisten kamen von seinen alten Freunden. Die Kommentare variierten von *»Kacke!«* bis hin zu empathischeren Antworten wie *»Wir vermissen dich!«* oder Aussagen über den Lehrer *»Der tickt wohl nicht ganz sauber!"*. Eine Antwort fiel Luc besonders auf. Emily16 schrieb:

Luc, dein Schicksal tut mir unendlich Leid! Ich schreibe das nicht einfach nur so, sondern ich bin wirklich traurig! Letztes Jahr ist mein Vater an Krebs gestorben. Er ist am Ende immer ruhiger geworden und hat angefangen, sich Sinnfragen zu stellen. Ähnliche Fragen, wie dir auch dein Lehrer gestellt hat. Hast du schon eine Antwort auf deine Frage gefunden oder von deinem Lehrer erhalten? Ich bin jedenfalls total gespannt und wünschte, dass ich bei deinem Unterricht über das Leben und das Sterben dabei sein könnte. Bitte berichte uns von deiner nächsten Unterrichtsstunde!
Liebe Grüße,
deine Emily
P.S.: Wenn du dich nicht solchen Fragen stellst, wer sollte es dann tun?

Emily hörte sich richtig nett an. Luc beschloss, ihr direkt zu antworten.

Liebe Emily,
Danke für deine Nachricht.
Wie geht es dir? Vermisst du deinen Vater sehr?
Dein Luc

Luc drückte auf senden und bereute es gleich danach schon wieder. *Vermisst du deinen Vater sehr?* So eine doofe Frage! Ganz bestimmt vermisste Emily ihren Vater. Doch dann zuckte er mit den Schultern. Er hatte schließlich nichts mehr zu verlieren – es war also ganz egal, ob er doofe Fragen stellte oder nicht. Er konnte sich nach Herzenslust danebenbenehmen, unpassende Fragen stellen und sich vollkommen dämlich anstellen. Er würde bald sterben. Es war also egal, was andere über ihn dachten. Er musste niemandem mehr gefallen, nichts mehr leisten oder sich gut darstellen. Dank dieser Erkenntnis schob er direkt eine weitere Frage nach.

Liebe Emily,
Wie war es, deinen Vater am Ende seiner Krankheit zu begleiten?
Sorry! Ich bin neugierig.
Und zu deiner Frage: Die erste Unterrichtsstunde findet am Freitag statt. Danach schreibe ich dir, was mein Lehrer so erzählt hat.
Schade eigentlich, dass du nicht dabei sein kannst.
Nochmal: Dein Luc

Luc fand es wirklich schade, dass Emily beim Unterricht nicht dabei sein konnte. Oder war dieser Gedanke vielleicht auch nur wieder eine Selbstbegrenzung in seinem Kopf? Luc wurde aufgeregt. Wenn er nicht mehr hinaus in die Welt gehen konnte, musste die Welt zu ihm kommen - oder eben Emily. Emily musste jedoch freitagvormittags in die Schule gehen. Aber er könnte seine Unterrichtsstunde mit Jonas Sommer filmen und anschließend online stellen. Luc war begeistert von dieser Idee! Was dieser Schnösel Jonas Sommer wohl dazu sagen würde?

Von nun an checkte Luc mehrmals täglich seine Nachrichten. Statt nur im Bett zu liegen, stand er auf und machte sich sogar Gedanken darüber, was er Freitag anziehen sollte. Falls Jonas Sommer seinem Unterrichts-Filmvorhaben zustimmen würde, wollte er halbwegs gut aussehen. Auch wenn er inzwischen dünn und geschoren war. Wegen seiner Hirnoperation waren alle seine Haare abrasiert worden und nach den darauf erfolgten Chemo- und Strahlentherapien wuchsen sie nur langsam und stoppelig nach. Was letztlich auch egal war.

Lucs Eltern entging die Veränderung, die seit dieser Woche in Luc vorging, nicht. Denn Luc ließ sich immer öfter im Wohnzimmer blicken und aß einmal sogar mit ihnen zusammen zu Abend. Der stille Vorwurf, mit denen er seine Eltern in letzter Zeit angeschaut hatte, war aus seinen Augen gewichen. Nur seine Schweigsamkeit war geblieben.

Am Freitagvormittag kam Jonas Sommer wie angekündigt bei den Berens zur Unterrichtsstunde vorbei. Luc erwartete ihn im Wohnzimmer und platzte direkt mit seiner Frage heraus, ob er ihren gemeinsamen Unterricht filmen und veröffentlichen dürfe. Daraufhin ließ Jonas Sommer sein sympathisches Lachen ertönen und willigte ein. Nur sollte Luc ihren Unterricht selbst anmoderieren.

Luc hatte bereits vorab seine Digicam auf dem Fernseher platziert und die Bildeinstellung überprüft. Nun drückte er nur noch auf *on* und sagte dann laut: »Hey Leute, heute beginnt mein Unterricht. Ein Unterricht über das Leben und das Sterben. Ich bin Luc und das ist mein Lehrer Jonas Sommer.« Dann ließ er sich auf das Sofa fallen und wartete darauf, dass Jonas Sommer etwas sagte.

»Nun Luc«, begann sein neuer Lehrer, »wir können uns vom Leben wie ein Spielball hin und hertreiben lassen oder wir bestimmen selbst, wo es langgehen soll. Wir Menschen haben nahezu unbegrenzte Möglichkeiten - doch die allermeisten wissen das gar nicht. Wir alle sollten uns also unserer eigenen Möglichkeiten bewusst werden. Dabei ist es ein guter Anfang, einmal darüber nachzudenken, wer wir eigentlich sind.« Jonas Sommer schaute Luc für einen Moment an und fragte: »Wie hast du denn die Frage an deinem Spiegel beantwortet?« Dann wiederholte er in die Kamera gewandt die Frage: »An Lucs Spiegel klebte die Frage: *Bist du der Junge im Spiegel oder der dahinter?*«

Luc errötete. Vor lauter surfen und chatten, hatte er überhaupt nicht mehr über die Fragen von Jonas Sommer nachgedacht. »Also mein Spiegelbild bin ich auf keinen Fall! Das ist ja nur ein Bild von mir. Aber, um ehrlich zu sein....«, Luc zögerte, doch dann entschloss er sich wirklich ehrlich zu antworten, »derjenige, der in den Spiegel schaut, will ich auch nicht sein! Früher habe ich gerne in den Spiegel gesehen, da war ich auch noch stark und gesund. Jetzt sehe ich krank aus. Aber dieser kranke Luc will ich nicht sein!«

Jonas Sommer nickte ihm verständnisvoll zu und sagte dann anerkennend: »Dann hast du also schon mal festgestellt, wer du alles nicht bist. Das ist ein guter Anfang! Denn in unserem Leben schlüpfen wir in lauter unterschiedliche Rollen. Eine Rolle ist beispielsweise der Schüler, eine der Sohn und bei deinen Freunden schlüpfst du wieder in eine ganz andere Rolle. Und im Laufe der Zeit, oder genauer gesagt im Laufe der Kindheit und Jugend, kommen wir dann zu dem Entschluss, dass alle diese Rollen zusammen unsere Persönlichkeit sind. Doch all diese Rollen werden in der Interaktion mit unserer Umwelt geformt. Dabei kommt es vor, dass wir uns auf eine bestimmte Art und Weise verhalten, weil es andere so haben wollen. Bist du also ein Bündel aus unterschiedlichen Rollen?« »Öh«, stammelte Luc überfordert, »könnte sein. Ich bin auf jeden Fall mehr als nur ein Schüler oder ein Sohn.« »Ja, du bist so viel mehr,

Luc! Denn alles, was wir zu sein glauben, sind wir tatsächlich gar nicht. Wir sind nicht unser Spiegelbild und auch nicht ein ganzer Haufen an Spiegelbildern oder Rollen.

Eigentlich musst du auch gar nicht so genau wissen, wer du bist. Aber du solltest eben auch kein falsches Bild von dir haben! Denn wer ein falsches Bild von sich hat, versucht womöglich ein Leben lang die Erwartungen anderer Menschen zu erfüllen.« »Dann gibt es keine Antwort auf die Frage, wer ich bin?«, hakte Luc nach. »Doch, es gibt schon eine Antwort. Nur lässt die sich eben nicht mit unserem Verstand erfassen, sondern nur fühlen. Zumindest gab es im Laufe der Weltgeschichte viele weise Männer und Frauen, die immer wieder versucht haben, ihre Antwort auf diese Frage anderen mitzuteilen.« »Du meinst Philosophen?« »Nein, es darf keine Antwort sein, die nur den Verstand erfasst. Viele moderne Philosophen gelangen aber nur dorthin, wohin der Verstand gelangen kann. Aber die Wahrheit liegt dahinter. Sie muss gefühlt oder mit dem Herzen erfasst werden. Ich spreche von religiösen Menschen sämtlicher Weltreligionen.« Nun schaute Luc enttäuscht aus. Religionen waren für ihn ein eher langweiliges Thema. Zumindest war der Religionsunterricht aus seiner Schule sehr öde gewesen.

Jonas Sommer entging Lucs Enttäuschung nicht. Sanft sagte er: »Luc, du hast dir einen Unterricht über das Leben und das Sterben gewünscht. Natürlich müssen wir dann auch über Gott und Religion sprechen.« »Aber mein letzter Religionslehrer war alles andere als ein weiser Mann. Der war eher eine Witzfigur«, antwortete Luc trocken. Da lachte Jonas Sommer. »Ja, weil eine Religion alleine nicht bestehen kann. Es ist vielmehr so, dass wir alle Religionen übereinanderlegen sollten. Und das, was dabei als gemeinsamer Kern herauskommt, kommt Gott und der Frage, was wir Menschen eigentlich sind, wohl am nächsten.« »Und was ist das?«, wollte Luc nun wissen, der inzwischen wieder gefesselt war. »Zum Beispiel sagte der christliche Mystiker des Mittelalters Meister Eckhart, dass Gott und der Mensch eins ist oder dass es im Menschen einen göttlichen Seelenfunken gibt.« »Ich bin doch nicht Gott!« Diesmal musste Luc lachen - so eine große Selbstüberschätzung lag ihm fern.

»Nein, nicht Gott, aber gottgleich. Die Aussage der Bibel, dass der Mensch ein Ebenbild Gottes ist, ist dir wohl auch geläufig, oder?« Luc nickte. »Und Ebenbild meint so viel wie gottgleich. Wir Mensch sind demnach gottgleich.« Für Luc war das schwer vorstellbar. Doch er lauschte weiterhin Jonas Sommers Worten. »Andere drücken es etwas anders aus und sprechen davon, dass in jedem Menschen ein göttlicher Funke wohnt. Die Vorstellung vom göttlichen Funken im Menschen findet sich in sämtlichen Religionen wieder. Zum Beispiel auch im Sufismus, das ist die islamische Mystik, oder in der jüdischen Kabbala. Und vom Hinduismus und Buddhismus kennen wir Praktiken wie die Meditation und Yoga. Denn um dieses Göttliche in uns selbst zu entdecken und zu erfahren, müssen wir unsere Wahrnehmungsart ändern. Und dazu dienen Konzentrationstechniken wie Yoga oder Meditation.« »Puh, das hört sich jetzt irgendwie anstrengend an«, folgerte Luc. »Anhalten, nach innen schauen, mal beten – das reicht eigentlich schon«, erwiderte Jonas Sommer. »Machst du das denn?«, fragte Luc. »Ja. Ich verbringe jeden Tag eine gewisse Zeit in der Meditation oder im Gebet.« Luc starrte ihn an. Jonas Sommer lachte nicht. Dann meinte er seine Aussage wohl ernst.

»Also Luc«, begann Jonas Sommer zusammenzufassen, »wir haben festgestellt, dass du nicht dein Spiegelbild bist und auch nicht die Person Luc Berens. Denn du bist weit mehr als das. Du bist ein göttlicher Funken. Es ist vielmehr so, dass Luc Berens deine Spielfigur ist und du der Spieler hinter dieser Figur bist.« »Häh, echt jetzt?«, fragte Luc verwirrt. »Ja. Dieses Vorstellungsbild, vom Leben als eine Art Spiel und unserer Welt als das Spielfeld, nutze ich sehr gerne. Denn wenn deine Spielfigur ausscheidet und das Spielfeld verlässt, bist du als Spieler ja weiterhin existent.« Luc zuckte zusammen. Ja, er würde das Spielfeld bald verlassen. Den Gedanken an seinen Tod hatte er die letzten Tage erfolgreich beis Seite geschoben. Jetzt war er wieder da.

Jonas Sommer beugte sich weit zu Luc vor und sah ihm fest in die Augen. Dann sagte er bestimmt, aber einfühlsam: »Erst, wenn wir eine Ahnung von uns selbst bekommen, können wir so richtig in das Spiel des Lebens einsteigen oder es loslassen. Bis dahin reagieren wir nur, statt bewusst zu spielen. Und der Tod ist nicht das Ende, er ist nur das Ende dieser Spielrunde.« Er drückte kurz Lucs Hand und fuhr dann aufmunternd fort: »Außerdem bleibt dir noch ein bisschen Zeit, Luc. Du kannst deine Spielfigur noch steuern. Ich werde dir dafür sehr gerne die Spielregeln erklären - soweit sie mir bekannt sind.« Dabei lachte Jonas Sommer herzhaft über sich selbst. Denn er war schließlich genauso mit Blindheit und Verblendung geschlagen, wie alle anderen Menschen und hatte nur eine Ahnung vom Großen und Ganzen.

»Woher weißt du das eigentlich alles?«, fragte Luc. »So viel weiß ich eigentlich gar nicht«, gab Jonas Sommer zu. »Es bleiben immer Geheimnisse zwischen Himmel und Erde - bis zum Schluss. Aber um deine Neugier zu befriedigen: Ich hatte mit achtzehn Jahren einen schweren Motoradunfall. Ich hatte gerade erst meinen Motorradführerschein gemacht und bin dann kurz darauf mit dem Motorrad ins Rutschen gekommen. Ich musste für eine lange Zeit ins Krankenhaus und in ein Rehazentrum gehen. Damals habe ich angefangen mich zu fragen, ob mein Leben überhaupt einen Sinn hat. Und bevor du fragst«, denn Jonas Sommer erahnte schon die nächste Frage von Luc, »ja, natürlich hat mein Leben einen Sinn! So wie jede Spielfigur hier auf der Erde muss auch ich Aufgaben lösen, Schätze heben oder Gegner besiegen.« Luc stöhnte, jetzt war Jonas Sommer schon wieder bei seiner Vorstellung vom Leben als ein Spiel angekommen. »Ich muss mich korrigieren. Eigentlich gibt es immer nur einen einzigen Gegner zu besiegen. Und der sind wir selbst.«

Nun blitzten Jonas Sommers Augen auf und er begann voller Leidenschaft von seiner Coachingausbildung zu erzählen, denn er arbeitete hingebungsvoll als Lebensberater und Coach. »Der Vater des modernen Coachings und Tennislehrer Timothy Gallwey erkannte, dass der größte Gegner im eigenen Kopf sitzt. Der Gegner im eigenen Kopf ist nach Gallwey viel schlimmer, als der Gegner auf der anderen Seite des Tennisnetzes.« »Darüber haben wir schon gesprochen«, stimmte Luc zu. »Du hast mich darauf hingewiesen, dass ich flexibler denken muss und dass ich mich nicht selbst begrenzen soll.« »Ganz genau! Denn dazu neigen alle Menschen: Wir reden uns selbst klein. Wir denken, dass wir etwas nicht können und es am besten überhaupt gar nicht erst versuchen sollten.« Jonas Sommer machte eine kleine Pause, in der Luc zustimmend nickte. Luc kannte solche Gedanken von sich. Eine Zeit lang hatte er für ein schönes Mädchen aus seiner Parallelklasse geschwärmt. Doch er hatte es nie angesprochen. Denn er hatte sich selbst gesagt, dass das Mädchen viel zu schön für ihn sei und wahrscheinlich sowieso eher auf ältere Schüler, die bereits einen Führerschien hatten, stand. Am Ende war das Mädchen jedoch mit einem seiner gleichalten Freunde ausgegangen.

Jonas Sommers Stimme holte ihn aus seinen Gedanken zurück. »Und diese Grenzen in unserem Kopf müssen wir überwinden lernen. Denn erst dann können wir sämtliche Möglichkeiten unseres Lebens ausschöpfen. Und somit habe ich ganz elegant den Bogen zu unserer Ausgangsfrage, wer wir eigentlich sind, gespannt. Denn als Funke Gottes können wir unsere Spielfigur beliebig einsetzen. Nur müssen wir dafür einige Grenzen in unserem eigenen Kopf überwinden.« Jonas Sommer blickte Luc an und fügte hinzu: »Ich glaube, für heute reicht es erstmal.« Luc stimmte ihm erleichtert zu. Sein Kopf rauchte bereits. Er hatte sich in dieser einen Stunde mehr Gedanken gemacht, als jemals zuvor in seinem gesamten Leben.

Luc schaltete erleichtert den Camcorder aus und verabschiedete sich von Jonas Sommer. Dann ließ er sich erschöpft auf das Sofa fallen und schlief ein. Als er wieder aufwachte, lief er in sein Zimmer und schaltete seinen Laptop ein. Er lud die eben gefilmte Unterrichtsstunde hoch und veröffentlichte sie mit einem weiteren

Knopfdruck im Internet. Danach las er seine neuen Nachrichten. Endlich! Emily hatte geantwortet.

Lieber Luc,
Meinen Vater so krank zu sehen und ihn bis zum Tod zu begleiten, hat mich verändert. Früher konnte ich mit den anderen Mädels über Klamotten und Jungs reden oder über andere lästern. Jetzt kommt mir das alles so oberflächlich vor. Ich kann da nicht mehr mitmachen. Ich bin anders geworden. Und natürlich frage ich mich, warum mein Vater schon so früh sterben musste. Ich vermiss ihn und finde es so unfair, dass er nicht mehr da ist. Manchmal könnte ich schreien vor Wut!
Du wahrscheinlich auch ….
Wie war dein Unterricht?
Deine Emily

Liebe Emily,
ich habe die Unterrichtsstunde gefilmt. Du kannst sie dir selbst anschauen.
Ich bin so sauer, dass ich diesen sch** Tumor habe!! Ich weiß nur nicht, auf wen ich sauer bin. Eigentlich auf die ganze Welt. Alle dürfen leben, nur ich muss bald sterben. Das ist so unfair! So, wie du es auch geschrieben hast.
Dein Luc
P.S.: Ich habe sowieso noch nie verstanden, weshalb ihr Mädchen euch immer so viele Gedanken über Kleider macht. Du siehst bestimmt immer gut aus, egal was du anhast.

Und dann drehte Luc seine Musik wieder extrem laut auf. Sonst würde er es nicht schaffen, seine sentimentalen Tränen zurückzuhalten. Da sein Schutzdamm nun einmal gebrochen war, traten ihm immer öfters Tränen in die Augen. Die ehrlichen Nachrichten von Emily, die Gedanken über sein Schicksal oder auch nur spielende

Kinder auf der Straße, die er von seinem Zimmerfenster aus beobachtete, einfach alles rief ungeheuerliche Emotionen in ihm hervor.

Kurz nach der Veröffentlichung des Unterrichtsvideos bekam Luc bereits erste Kommentare. Ein paar wenige waren ablehnend, aber die meisten waren voller Begeisterung über Jonas Sommer und die erste Unterrichtsstunde. Auch Emily schrieb einen Kommentar:

Danke, dass du diesen besonderen Unterricht mit uns teilst! Es ist so mutig von dir, dass du dich zeigst, obwohl du krank bist.

In den nächsten Tagen schrieb Luc täglich mit Emily. Sie gefiel ihm immer besser. Weil sie ihren Vater verloren hatte, fühlte sich Luc von ihr verstanden. Seine Freunde hingegen hatten weniger Verständnis für seine Krankheit. Einer fragte ihn doch tatsächlich, wann er mal wieder zum Fußballspielen käme. Ein anderer kommentierte sogar, dass er es abartig fand, den eigenen Tod im Internet darzustellen. Doch Luc blieb dabei. Er hatte beschlossen, nicht nur den Unterricht, sondern auch seine Krankheitsgeschichte mit den anderen zu teilen. So berichtete er darüber, wie sich sein Leben seit Beginn der Krebserkrankung urplötzlich von einem Tag auf den anderen verändert hatte. Und er postete Vvorher- und Nnachher-Bilder, also Fotos von sich, wie er früher ausgesehen hatte und wie er jetzt, nach den Krebstherapien, aussah. Und er traf damit auf Resonanz. Zumindest vermehrte sich die Anzahl seiner Followers täglich. Nach ein paar Tagen war die Anzahl bereits weit über seinen ehemaligen Freundeskreis hinausgewachsen. Es gab also viele Menschen, die sich nach mehr als nur den oberflächlichen Erscheinungen sehnten.

Luc ließ sich inzwischen das Essen nicht mehr auf sein Zimmer bringen, sondern aß gemeinsam mit seinen Eltern am Esstisch. Einmal fragte er sie dabei, woher sie eigentlich Jonas Sommer kannten. Auf die Frage reagierte sein Vater triumphierend mit einer Gegenfrage: »Der Mann ist gut, oder?« Luc nickte zustimmend. »Jonas Sommer arbeitet als persönlicher Lebensberater und auch als Coach für Unternehmen. Seine Klienten fahren aus dem ganzen Land hierher, um von ihm beraten zu werden.« »Dann berät er dich also in deinem Betrieb?«, fragte Luc nach. »Ja, das hat er früher.«

Nun schaute Silke Berens ihren Mann erwartungsvoll an und wartete gespannt darauf, ob er ehrlich mit seinem Sohn sprechen würde. Henry Berens räusperte sich und fuhr fort: »Zuletzt hatte ich ihn als Privatmann konsultiert.« »Warum?«, fragte Luc. Sein Vater schwieg. Da dämmerte es Luc und er fragte beklommen: »Hat es etwas mit mir zu tun?« »Sei doch ehrlich!«, mischte sich nun Lucs Mutter zischend ein. Da war es plötzlich, wie als ob Lucs Mutter mit ihrer Aussage einen Schalter bei Henry Berens umgelegt hatte. Er flippte aus und fuhr seine Frau an: »Ehrlich sein?! Du bist doch nicht ehrlich! Seit Wochen tust du so, als ob Luc nur ein bisschen Fieber hätte. Du hast alle Wörter, die mit *Tod* und *Sterben* zu tun haben, aus deinem Wortschatz gestrichen. Und jetzt soll ich ehrlich sein? Dann bin ich jetzt mal ehrlich: Ich halte es nicht aus, Luc sterben zu sehen!« Dann sprang er von seinem Stuhl auf und stürmte aus dem Zimmer. Silke Berens liefen stumm die Tränen hinunter.

»Es ist nicht deine Schuld, Luc«, flüsterte sie Luc beruhigend zu. »Eer ist so schwach! Er kann seine Gefühle nicht ertragen.« Luc war der Appetit gründlich vergangen. Ohne ein weiteres Wort zu sagen, stand er auf und schlich sich in sein Zimmer. Bei der nächsten Mahlzeit würde er lieber wieder den Mund halten.

Am Freitag kam Jonas Sommer zur nächsten Unterrichtsstunde vorbei. Nachdem Luc wieder die Kamera eingeschaltet und das unsichtbare Publikum zur zweiten Runde begrüßt hatte, fragte ihn Jonas Sommer nach seinem Befinden. Und Luc antwortete so, wie er diese Frage stets bei seinen Ärzten beantwortete: »Die Woche war soweit gut. Die Kopfschmerzen erträglich und das Schwindelgefühl hat auch nicht weiter zugenommen. Nur bin ich oft müde.«

»Jetzt hast du mir gesagt, wie es deinem Körper geht. Und wie geht es dem restlichen Luc?« Was sollte Luc nur darauf antworten? Dass er am liebsten schreien würde vor Wut und es nicht konnte?! Dass er seine Gefühle kaum aushalten konnte und dass Emily die ganze Gefühlssache noch komplizierter machte?! Am Ende zuckte er nur mit den Schultern und starrte auf den Boden. Dabei murmelte er: »Weiß ich nicht.«

Jonas Sommer merkte, dass Luc noch nicht bereit war, über seine Gefühlswelt zu sprechen. Deshalb wechselte er einfach das Thema: »Erinnerst du dich noch an das sprachliche Bild, das ich beim letzten Mal verwendet habe? Ich habe das Leben als eine Art Spiel beschrieben, indem wir gleichzeitig Spieler und Spielfigur sind. Nun gibt es für dieses Spiel einige Spielregeln, die leider den meisten Menschen nicht bewusst sind. Hast du schon mal bei einem Spiel mitgespielt, bei dem dir vorher niemand die Regeln erklärt hat?« Luc überlegte kurz und antwortete: »Ja, ich habe einmal bei einem Computerspiel den Avatar von meinem Freund übernommen, als dieser kurz auf die Toilette musste. Da habe ich aber ziemlich versagt und mein Freund war echt genervt, als er vom Klo zurückkam und den Punktabzug bemerkt hat.« Darüber musste Jonas Sommer lachen. »Klar, wer die Spielregeln nicht kennt, stellt sich ziemlich dämlich an. Wer die Spielregeln hingegen kennt, weiß auch, wie er Punkte sammeln kann!«

Dann begann Jonas Sommer die Spielregeln des Lebens zu erklären: »Im alten Ägypten lebte einst ein Mann, der Hermes Trismegistos genannt wurde. Hermes Trismegistos war ein Eingeweihter oder großer Gelehrter, der Einsichten in den Lauf des Universums und ein tiefes Verständnis für die menschliche Natur hatte. Er beschrieb, nach welchen sieben geistigen Gesetzmäßigkeiten unser aller Leben funktioniert. Diese geistigen Prinzipien schrieb er auf Steintafeln auf. Aber nach dem Untergang der ägyptischen Hochkultur gingen diese Informationen für die Allgemeinheit verloren und wurden fortan für eine lange Zeit als Geheimwissen gehütet. Erst seit etwa hundert

Jahren verbreiten sich die sieben geistigen Prinzipien, auch hermetische Gesetzte genannt, wieder in der Allgemeinheit. Inzwischen können sie gegoogelt werden und sind auf vielen Internetseiten nachlesbar.

Ich finde, diese hermetischen Gesetze sind ein wunderbares Modell, um die Zusammenhänge zwischen der inneren und äußeren Wirklichkeit im Leben eines jeden Menschen aufzuzeigen. Inzwischen arbeite ich nun schon einige Jahre als Lebensberater und Coach. Und ich habe festgestellt, dass diese Prinzipien ausnahmslos bei allen meinen Klienten und mir selbst greifen – im Guten, wie im Schlechten!«

Luc war wie gebannt: Geheimwissen und universelle Gesetzmäßigkeiten als Wissensschlüssel des Lebens - das klang spannend.

»Das erste der sieben Prinzipien ist das Prinzip der Geistigkeit. Es ist leider auch das abstrakteste Prinzip und am schwersten zu verstehen. Alle anderen Prinzipien sind viel konkreter und verständlicher. Trotzdem möchte ich versuchen, dir das Prinzip der Geistigkeit nahe zu bringen. Denn es erklärt, weshalb wir Menschen durch eine Veränderung in unserem Inneren, also indem wir beispielsweise unsere Einstellung oder Haltung ändern, eine äußerliche Veränderung herbeiführen können«, erläuterte Jonas Sommer. »Das Prinzip der Geistigkeit besagt, dass das Universum und alles, was darin enthalten ist, Geist oder ein allumfassendes Bewusstsein ist. Damit ist gemeint, dass letztlich alles, was uns umgibt und auch wir selbst, aus geistiger Beschaffenheit ist. Anders ausgedrückt, könnte man auch sagen, dass alles Energie ist. Uns Menschen erscheint die uns umgebende Materie, wie unsere Möbel oder Kleider, wie der Boden und die Wände, fest. Gedanken und Gefühle hingegen sind für uns unsichtbar, unbeständig und ungreifbar. Jedoch ist dieses Sofa hier«, Jonas Sommer klopfte mit der flachen Hand kurz auf das Sofapolster, »von seiner Beschaffenheit her gar nicht mal so unterschiedlich wie ein Gedanke. Denn letztlich ist das Sofa Energie, genau wie ein Gedanke Energie ist.« Luc konnte daraufhin nichts erwidern. Er fand die Energie-Geist-Vorstellung sehr abstrakt. Doch Jonas Sommer fuhr bereits fort: »Übrigens hat auch die moderne Physik herausgefunden, dass nicht alles so ist, wie es erscheint. Zum Beispiel gibt es physikalische Erkenntnisse darüber, dass Raum und Zeit letztlich nur Illusionen sind. Vielleicht hast du schon einmal davon gehört, Luc. Wie steht es denn um dein physikalisches Wissen?« »Öh«, stammelte Luc. Das mit der Illusion von Raum und Zeit hatte er möglicherweise schon einmal irgendwo gehört, auch wenn er sich das nicht vorstellen konnte. Für ihn sah das Wohnzimmer wie ein Raum aus und an der Wand hing eine Uhr. Für ihn der Beweis, dass es die Zeit gab. Allerdings sagte er etwas anderes.

Er kratze die letzten Wissensreste aus seinem Physikunterricht zusammen und stammelte: »Es gibt die Erdanziehungskraft und noch ein paar weitere physikalische Gesetze.« »Genau«, stimmte ihm Jonas Sommer zu, »die Physik versucht ebenfalls die Zusammenhänge des Lebens zu beschreiben und formuliert ihre Erkenntnisse in physikalischen Gesetzen. Und jetzt wird es für uns interessant. Denn alles, was uns an fester Materie umgibt, ist letztlich aus minikleinen Teilchen aufgebaut. In der Schule hast du bestimmt schon einmal etwas über Atome gelernt, oder?« »Atome haben eine Atomhülle und einen Atomkern«, antwortete Luc, froh darüber, dass er sich irgendetwas aus seinem Schulunterricht gemerkt hatte. »All die uns umgebene Materie, wie zum Beispiel unser Sofa hier, ist aus Atomen aufgebaut. Das ist wissenschaftlich nachweisbar. Die Atome sind die Bausteine der Materie. Und du hast es bereits gesagt: Die Atome wiederum lassen sich weiter aufdröseln, in immer noch kleinere Bestandteile. Bis hin zu den allerkleinsten Teilchen, die uns Menschen zugänglich sind: Die Quanten- oder Elementarteilchen. Mit ihnen befasst sich die Quantenphysik. Und jetzt kommt das Erstaunliche an der ganzen Sache: Wir sehen, riechen, hören, schmecken und fühlen die uns umgebende, feste Materie. Doch gleichzeitig beweist uns die moderne Physik, dass diese feste Materie gar nicht so fest ist, sondern sehr bewegt. Denn die minikleinen Elementarteilchen stehen nicht etwa still, sondern bewegen sich wellenförmig.

Einstein hat mit seiner weltberühmten Formel $E = mc^2$ bewiesen, dass Masse und Energie äquivalent sind. Demnach ist Materie eine verdichtete Form schwingender Energie. Elementarteilchen können frei schwingend, auch Feldzustand genannt, oder verdichtet schwingend sein.« »Jetzt kapiere ich überhaupt gar nichts mehr«, gab Luc zu. »Und ich verstehe auch überhaupt nicht, was das mit den hermetischen Spielregeln zu tun haben soll.« »Ich will damit sagen, dass die moderne Wissenschaft auf die gleiche Gesetzmäßigkeit hinweist, wie die Hermetik. Nämlich, dass freie Energie theoretisch in feste Energie umgewandelt werden kann. Auch wenn sich ein Quantenphysiker bei meiner Argumentation und Beweisführung vermutlich die Haare raufen würde! Ich will damit ja auch nur verständlich machen, was die Hermetik sagt. Nämlich, dass alles Geist ist. Auch du und jeder einzelne deiner Gedanken und Gefühle. Jeder einzelne Gedanke, jedes deiner Gefühle ist Energie. Und diese Vorstellung hilft dabei zu verstehen, weshalb du selbst ein Schöpfer bist. Denn etwas Geistiges erschafft etwas Physisches. Freie Energie, wie ein Gedanke oder eine innere Haltung von dir, wird in eine andere Energieform umgewandelt. Mit deinen eigenen Gedanken und Gefühlen erschaffst du dir letztlich deine Realität!« »Soll das bedeuten, dass ich nur an ein Eis denken muss, um mir ein Eis herbeizuzaubern?« Da lachte Jonas Sommer. »Im Prinzip ja, aber ganz so einfach ist es dann doch wieder nicht. Aber zunächst einmal beginnt das Herbeizaubern, wie du es nennst, tatsächlich mit einem Gedanken oder einem Gefühl. Du denkst an Eis und hast ein Verlangen danach - und dann liegt es in deiner Hand, eine Eisdiele aufzusuchen und dir ein Eis zu kaufen. Das hermetische Prinzip besagt, dass du verantwortlich dafür bist, ob du dich wie ein Spielball vom Leben hin und her treiben lässt oder ob du deinem Leben selbst aktiv eine Richtung gibst.« »Also in Richtung Eisdiele?«, fragte Luc nach. »In Richtung Eisdiele oder in Richtung Traumberuf oder in welche Richtung du auch immer möchtest. Denn was wir für möglich halten, kann auch geschehen! Nur begrenzen sich die meisten Menschen eben selbst in ihrem Kopf und halten es für unmöglich, dass ihre Wünsche wahr werden. Ihrer Meinung nach können es andere zwar schaffen, ihre Träume zu verwirklichen, aber sie selbst nicht. Dann passiert natürlich auch nichts! Sie reagieren dann bloß auf das, was in ihrem Leben vorfällt, anstatt sich ihre Träume selbst zu erfüllen.« »Das ist ja schlimm! Warum erfüllen sich viele Menschen ihre Träume nicht?« »Na, weil sie Angst haben und sich selbst kleinreden. Manchmal ist eben eine Portion Mut nötig, um sich einen Traum zu erfüllen.«

Luc dachte über das Gehörte nach. Nach einer Weile schloss er: »Dann müssen wir also anfangen, an uns selbst zu glauben!« »Ja, an uns selbst und an unsere vielfältigen Möglichkeiten«, stimmte ihm Jonas Sommer zu.

Nach einem kurzen Schweigen änderte Jonas Sommer plötzlich das Thema: »Weißt du, was ein Placebo ist?« Das wusste Luc. Mit medizinischen Begriffen kannte er sich mittlerweile gut aus. »Ja, das ist eine Zuckerpille ohne Wirkstoff. Es wird den kranken Menschen aber als wirksame Medizin verkauft«, antwortete er. »Und was glaubst du: Wirkt dieses scheinbare Medikament oder nicht?« Luc zuckte mit den Schultern. »Ich schätze nicht, denn es ist ja keine richtige Medizin.« »Interessanterweise wirken Placebos jedoch bei einigen Menschen. Das wurde sogar in verschiedenen Studien nachgewiesen. In der Annahme, dass es sich bei den Placebos um echte Medizin handelt, erwarten einige Patienten eine Verbesserung ihres Gesundheitszustandes. Und ihre Erwartungshaltung führt zu einer tatsächlichen Verbesserung. Das ist also ein Beweis dafür, dass Gedanken und Gefühle die eigene Realität erschaffen.« In diesem Moment wurden sie von Lucs Mutter unterbrochen, die ins Wohnzimmer trat. »Herr Sommer, möchten Sie vielleicht eine Tasse Kaffee?«, unterbrach Silke Berens die beiden. »Ich habe auch Kuchen oder ein Eis da.« »Ich nehme sehr gerne eine Tasse Kaffee und dazu ein Eis«, antwortete Jonas Sommer. Dann fragte Silke Berens auch ihren Sohn, ob er etwas eEssen oder tTrinken wolle. Doch Luc war zu verblüfft, um etwas zu essen und schüttelte nur den Kopf. Jonas Sommer hingegen war nicht sonderlich überrascht. Er hatte es schon häufig erlebt, dass er intensiv an etwas dachte, wie zum Beispiel an eine bestimmte Person und diese sich dann kurz darauf bei ihm gemeldet hatte.

Während Silke Berens den Kaffee und ein Vanille-Eis brachte, formte sich in Luc ein Gedanke heraus. Wenn Träume wirklich wahr werden und sogar Placebos gesund machen können, dann könnte er sich möglicherweise ja auch gesund denken. So fragte er Jonas Sommer aufgeregt: »Kann ich wieder gesund werden, indem ich davon träume, gesund zu sein?« Da betrübte sich kurz Jonas Sommer Mimik und er beugte sich zu Luc vor, um seine Hand zu nehmen. »Luc, ich will dir keine falsche Hoffnung machen«, sagte er, während er ihm intensiv in die Augen blickte. »Manche Dinge in unserem Leben stehen fest und daran lässt sich nicht rütteln. Auch wenn ich mir noch so intensiv wünsche, andere Eltern zu haben, werde ich mein Leben lang keine anderen biologischen Eltern bekommen. Tatsächlich können wir also nicht jeden Umstand in unserem Leben beeinflussen. Doch entscheiden einzig und alleine wir, wie wir mit den Bausteinen unserer Wirklichkeit umgehen. Wir können zum Beispiel beschließen, uns mit unseren Eltern auszusöhnen oder aber uns eine Art Ersatzfamilie zu suchen. Es gibt viele Möglichkeiten. Und jede Veränderung im Leben beginnt mit einem Gedanken. Das versuche ich in meiner Beratungspraxis übrigens auch meinen Klienten klar zu machen. Viele sehen nämlich nur ihre Probleme, ohne über mögliche Lösungen nachzudenken.« Dann ließ Jonas Sommer wieder Lucs Hand los und sagte: »Übrigens gibt es zwischen den hermetischen Prinzipien und vielen religiösen Texten, zum Beispiel der Bibel oder den indischen Veden, viele Übereinstimmungen. Als Ebenbild Gottes oder als göttlicher Funke besitzen wir Schöpferkraft und können auf unsere Lebensumstände schöpferisch einwirken.« Da musste Luc stöhnen, jetzt fing Jonas Sommer schon wieder mit Religion an. Lucs genervte Reaktion brachte Jonas Sommer zum Lachen. »Letztlich ist alles Energie. Und so ist auch alles mit allem verbunden und wirkt aufeinander ein. Religiöse Menschen haben davon eine Ahnung. Vielleicht steht Gott ja sogar im Zielfeld unseres Lebensspiels - wer weiß«, deutete er an und zuckte mit den Schultern.

Dann aß er sein Eis auf und stand danach auf, um sich von Luc zu verabschieden. »Ich glaube, dass wir für heute genug geredet haben. Nächste Woche komme ich wieder und dann sprechen wir darüber, wie wir unsere Spielfigur hier in unserem Lebensspiel bestmöglich einsetzen und den Ereignissen auf unserem Spielfeld begegnen können. Ich hoffe aber, dass du heute schon verstanden hast, dass jeder Spieler selbst dafür verantwortlich ist, seine Spielfigur in die gewünschte Richtung zu bewegen. Und auch du hast noch ein bisschen Zeit übrig, Luc. Vielleicht gibt es ja noch etwas, was du in deinem Leben noch gerne machen würdest.« Und in Gedanken fügte er hinzu: »Denn am Ende des Lebens bereuen die meisten Menschen das, was sie niemals getan haben.« Doch das sagte er nicht laut. Denn Luc hatte bereits genug zu knabbern.

Auch diese Unterrichtsstunde veröffentlichte Luc wieder im Internet. Sein Unterrichtsprojekt musste sich inzwischen in seiner alten Schule herumgesprochen haben. Denn er erhielt so viele Klicks und Kommentare, die der gesamten Anzahl der Schülerschaft entsprach. Er las nun auch nicht mehr alle Kommentare einzeln durch, sondern überflog sie nur noch. Ein Mädchen schrieb, dass sogar ihre Eltern die Unterrichtsstunden von ihm und Jonas Sommer anschauten und sie bereits auf die nächste Stunde hin fieberten. Eigentlich waren ihm die Kommentare mittlerweile egal geworden. Für ihn zählte nur noch eins: Die Frage, ob er eine neue Nachricht von Emily erhalten hatte oder nicht. Ihre Nachrichten veränderten sein Leben. Früher wollte er morgens gar nicht erst aufstehen. Nun wachte er auf und sprang beinahe aus seinem Bett, um sofort nachzusehen, ob Emily wieder geschrieben hatte. Wenn er eine neue Nachricht von ihr erhalten hatte, stieg seine Laune sprunghaft an und er lief mit einem breiten Grinsen durch das Haus. Er dachte fast nur noch an Emily und malte sich aus, wie es wohl sein würde, sie in echt zu treffen.

Auch seine Ärzte bemerkten eine Veränderung. Als Luc mit seiner Mutter zu einer seiner Kontrollen auf die Kinderonkologie ging, stellten sie zufrieden fest, dass sich Lucs Zustand nicht weiter verschlechtert hatte. Er sah sogar wieder etwas gesünder aus, was paradox war. Denn auf den Röntgenbildern war ersichtlich, dass sich der Tumor nach wie vor ausbreitete, wenn auch verlangsamt. Da Luc aber wieder Lebensfreude zeigte und seit zwei Wochen wie verwandelt war, hatte seine Mutter erneut Hoffnung geschöpft. Sie fragte deshalb einen der Ärzte unter vier Augen, ob Luc widererwarten doch geheilt werden könnte. Jedoch sprach der Arzt nur von einer kurzfristigen Stagnation des Tumors und einer damit einhergehenden verbesserten körperlichen Befindlichkeit, ohne Hoffnung auf Heilung zu machen. Außerdem wies er Silke Berens daraufhin, dass Luc möglicherweise bald wieder stationär ins Krankenhaus müsse. Nämlich dann, wenn Lucs Schmerzen wieder zunehmen würden und er eine Schmerztherapie bräuchte.

Auf dem Heimweg schlief Luc im Auto ein. Silke Berens anfänglich gute Laune hatte durch das Arztgespräch einen kräftigen Dämpfer erhalten. Sie betrachtete aus dem Augenwinkel, wie Luc auf dem Beifahrersitz schlief. Eine Träne kullerte über ihre Backe. Schon tausend Mal hatte sie sich gewünscht, dass sie, anstatt Luc, den Tumor hätte. Doch alles Wünschen half nichts! Bald würde sie sich von ihrem eigenen Kind verabschieden müssen, was für sie das allergrößte Leid bedeutete.

Zu Hause angekommen, weckte sie Luc. Er fühlte sich von seinem Nickerchen erfrischt und lief direkt zu seinem Laptop, um Emily zu schreiben. Er wollte nicht mehr länger nur von ihr träumen, er wollte sie treffen. Emily zu treffen, war für ihn die einzige Sache, die er sich noch in seinem Leben wünschte. Und für weiteres Zögern und Abwarten blieb keine Zeit mehr. So schrieb er ganz direkt:

Hey Emily,
ich würde dich gerne treffen. Besuchst du mich mal?
Dein Luc

Anschließend wartete er nervös auf eine Antwort. Er versuchte sich, mit einem Film abzulenken, er konnte sich jedoch nicht so recht darauf konzentrieren. Einschlafen klappte auch nicht. Also starrte er aus dem Fenster und checkte alle fünf Minuten seine Nachrichten. Endlich! Nach einer qualvollen Stunde kam eine Nachricht von Emily. Und Emily hatte mit *Ja* geantwortet.

Sie verabredeten sich noch für denselben Tag. Unruhig tigerte er in seinem Zimmer herum und wechselte vor Aufregung mehrmals seine Kleidung. Schließlich klingelte es an der Haustür. Leider war Lucs Mutter schneller als er. Als Luc die Haustür erreichte, öffnete Silke Berens bereits die Tür. Erstaunt registrierte sie, dass eine junge Frau vor ihrer Haustür stand und höflich nach Luc fragte. Dieser verbarg aus lauter Nervosität seine Hände in den Hosentaschen und trat dann in den Türrahmen.

Bisher hatte er Emily nur auf ihren Profilfotos gesehen. Nun starrte er sie verblüfft durch die geöffnete Tür an, denn in echt sah sie noch viel schöner als auf ihren Fotos aus. Luc wusste nicht, wie er sie begrüßen sollte. So sagte er einfach nur »Hey« und zog sie dann mit sich in den Garten. Silke Berens blieb schmunzelnd im Hausflur zurück. Nun war ihr der Grund für Lucs Verwandlung klar geworden.

Luc und Emily setzten sich im Garten auf die Hollywoodschaukel. Und dann lief alles wie am Schnürchen. Emily stellte ein paar Fragen und hörte sich Lucs Antworten an. Dann erzählte sie, was es

Neues aus der Schule gab und sprach über ihre Familie. Emily war unglaublich toll! Und sie war hier bei Luc. Luc war hin und weg und hing ihr gebannt an den Lippen.

Irgendwann wurden sie jedoch von Lucs Eltern gestört, die fragten, ob Emily zum Abendessen blieb. Doch Emily verabschiedete sich lieber von den Berens, da es schon ziemlich spät geworden war und sie nach Hause musste. Auch Luc schlug das Abendessen aus. Er ließ sich glückselig auf sein Bett fallen und schlief ein. Es war einer der schönsten Tage seines Lebens gewesen.

Auch an den folgenden Tagen kam Emily nachmittags zu Besuch. So intensive Gespräche und so viel Zuneigung hatte er selten geführt oder bekommen, wie in der Zeit mit ihr. Und so wurde Emily bereits nach wenigen Tagen zu einem unverzichtbaren Teil seines Lebens.

Und dann wurde es wieder Freitag. Luc blieb bei seinem Vorhaben und filmte auch diese Stunde. Von Tag zu Tag lasen mehr Menschen seine Posts und sahen sich die Unterrichtsvideos an. Inzwischen war der Kreis über seine ehemalige Schule hinausgewachsen.

Als Jonas Sommer Lucs strahlendes Gesicht sah, verzichtete er darauf, zu fragen, wie es ihm ging. Stattdessen stellte er fest: »Gut siehst du aus, Luc!« »Ja, es gibt da jemand neues in meinem Leben«, erwiderte Luc kurz, ohne Genaueres zu sagen. Luc hatte beschlossen, seinen gesamten Weg mit seinen Followers im Internet zu teilen. Und zwar alles, er wollte nichts zurückhalten. Deshalb hatte er gestern, mit Emilys Einverständnis, ein Foto von ihnen beiden gepostet. Die Internetuser waren also eingeweiht, weitere Ausführungen hielt Luc deshalb für unnötig.

Da Luc nichts weiter über den Grund seiner Freude pPreis gab, begann Jonas Sommer mit dem Unterricht. »Erinnerst du dich noch an die letzte Stunde?«, fragte er. »Wir haben darüber gesprochen, dass letztlich alles Energie ist. Auch die uns umgebende Materie und auch unsere Gedanken und Gefühle.« Luc nickte, er erinnerte sich.

»Und durch unsere Gedanken und Gefühle, die wir pausenlos aussenden, erschaffen wir unsere eigene Realität. Im Prinzip folgt dein Leben deinen Gedanken und Gefühlen. Wenn du es für unmöglich hältst, dass dein Traum wahr wird, dann wird er sich auch nicht verwirklichen. Wenn du hingegen an dich glaubst und deine inneren Grenzen überwindest, wird sich dein Traum irgendwann auch in der äußeren Realität verwirklichen. Das Ganze fasst eine weitere Lebensspielregel zusammen: Das zweite hermetische Prinzip, welches auch das Gesetz der Resonanz oder Anziehung genannt wird.

Nach dem Gesetz der Anziehung sind wir Menschen wie magnetische Energiefelder, die durch ihre Gedanken und Gefühle entsprechende Energien anziehen. Positive Gedanken und Gefühle ziehen Positives an, negative Gedanken und Gefühle ziehen Negatives an. So ziehen wir an, was wir ersehnen, aber wir ziehen auch das an, was wir befürchten.« »So wie du dir ein Eis gewünscht hast und meine Mutter dir dann kurz darauf ein Eis vorbeigebracht hat?«, fragte Luc nach. Da lachte Jonas Sommer. »Ganz so einfach ist es leider nicht immer! Denn wir müssen etwas auch wirklich für möglich halten, um es anzuziehen. Erzähl mir einmal von zwei Situationen aus deinem Leben: Die erste, in der sich ein Wunsch von dir erfüllt hat, und die zweite, in der sich dein Wunsch nicht erfüllt hat.« »Puh!«, Luc dachte nach. »Ich habe mir von meinem Vater ein MacBook gewünscht und eines bekommen. Und ich habe mir eine gute Mathenote gewünscht und naja, die Mathearbeit in den Sand gesetzt.« »Im ersten Fall warst du dir sicher, dass es klappt. Wahrscheinlich hast du schon öfters teure Geschenke von deinem Vater bekommen«, sagte Jonas Sommer. Luc nickte zustimmend. Was mit Geld zu haben war, machte sein Vater möglich, auch diesen Privatunterricht hier. Luc war sich sicher, dass sein Vater Jonas Sommer dafür eine große Stange Geld zukommen ließ. »Und im zweiten Fall hast du dir zwar eine gute Mathenote gewünscht, hast aber vermutlich nicht so recht daran geglaubt. Möglicherweise bist du sogar der Auffassung, dass du ein Mathe-Versager bist oder ähnliches.« »Ja, ich verstehe Mathe einfach nicht«, gab Luc zu. »Deine unbewusste Auffassung war also zu deinem Wunsch gegenläufig. Und so hat sich dein Wunsch auch nicht erfüllt.« »Und wie kann ich dann eine gute Mathenote bekommen?«, fragte Luc nach. Eigentlich war es für ihn nicht mehr relevant, denn er würde ohnehin nie wieder eine Mathearbeit schreiben. Aber die Lösung hätte er schon gerne erfahren, so wie man bei einem Kriminalfilm unbedingt den Mörder entlarven will. »Indem du an dich selbst glaubst und anfängst, positiv über dich und Mathe zu denken. Du könntest dir zum Beispiel sagen: *Auch ich kann Mathe kapieren und eine gute Mathenote bekommen!* Und dann wiederholst du diesen Satz immer und immer wieder, Tag für Tag. So lange, bis du es wirklich glaubst. Das Ganze kannst du übrigens noch unterstützen, indem du dir deine Freude über eine gute Mathenote vorstellst und dir ausmalst, wem du alles von deiner guten Note erzählst.« »Dann muss ich also gar nicht stundenlang Mathe büffeln?«, fragte Luc nach. »Wenn du wirklich davon überzeugt bist, dass du Mathe kapierst, dann reicht der Matheunterricht in der Schule wahrscheinlich aus. Trotzdem: Es ist natürlich kein Fehler, Mathe zu üben. Nur ist der wichtigste Schritt eben, dass du nicht unbewusst mit deiner inneren Überzeugung dagegen arbeitest. Ein Mensch mit Prüfungsangst kann monatelang den Prüfungsstoff lernen und wird ihn dann vor lauter Angst in der Prüfungssituation nicht abrufen können. Deshalb sollte dieser Mensch zuerst seine Prüfungsangst überwinden.« »Und das geht, indem er sich immer wieder selbst sagt, dass er eine gute Prüfung ablegen kann?« »Ja, indem er sich immer wieder positive Sätze sagt und auch ausmalt, wie er in der konkreten Prüfungssituation ganz leicht und ungehemmt antworten kann.« »Und warum bringen uns das unsere Lehrer nicht in der Schule bei?« »Weil man in der Schule nicht unbedingt das lernt, was man im Leben wirklich braucht«, antwortete Jonas Sommer lachend.

»Im Ernst: Positives Denken ist etwas, was die meisten Menschen üben müssen. Denn in uns allen sind irgendwelche Glaubenssätze verborgen, die wir uns im Laufe unseres Lebens angeeignet haben. Jeder hat solche Überzeugungen wie: *Ich kann das nicht; so etwas macht man nicht; man kann nicht alles haben; im Leben bekommt man nichts geschenkt* und so weiter. Jeder Mensch ist eigentlich wie ein Eisberg. Hast du vielleicht den Film Titanic gesehen?« »Nein«, antwortete Luc. Er war nicht so der Typ für Liebesfilme. »Das Schiff Titanic rammt einen Eisberg. Denn bei einem Eisberg ist nur der obere Teil, also die Spitze, die aus dem Wasser herausragt, sichtbar. Der weitaus größere Teil liegt jedoch unter der Wasseroberfläche verborgen. Und bei uns Menschen ist das genauso. Wir haben viele Prägungen, Erlebnisse oder Gefühle erfahren, die wir im unteren Teil unseres Eisberges abgespeichert haben. Diese sind uns nicht offensichtlich, denn sie liegen ja unter der Wasseroberfläche versteckt. Wir sehen oder wWissen nur über unsere Eisbergspitze Bescheid! So kann es beispielsweise sein, dass eine Schülerin davon träumt, nach ihrem Schulabschluss eine Weltreise zu machen. In ihrer Kindheit hat sie aber immer wieder von ihren Eltern gehört, dass das Leben gefährlich ist und Frauen niemals alleine reisen sollten. Diese unbewusste Prägung könnte unsere Schülerin davon abhalten, nach ihrem Schulabschluss tatsächlich eine Weltreise zu machen.« Luc nickte beipflichtend. Seine Eltern erzählten ihm auch oft, was man ihren Maßstäben zufolge tun dürfe und was nicht. Es war ihm bisher nur nicht klar gewesen, dass man die Maßstäbe seiner Eltern auch unbewusst übernehmen kann.

»Und da komme ich ins Spiel«, erklärte Jonas Sommer weiter. »In meiner Praxis reflektiere ich solche inneren Barrieren mit meinen Klienten und dann überlegen wir uns gemeinsam Lösungen.«

»Ein Mensch, der es schafft, nur positiv zu denken, hat demnach ein wunderschönes Leben?«, fragte Luc nach. Doch Jonas Sommer antwortete ernst: »Nein, wir können nicht alles kontrollieren. Auch wenn wir stets positiv denken, kann es sein, dass wir in einen Unfall verwickelt werden oder etwas anderes Unerwünschtes passiert.« »Und warum ist das so?« »Um bestimmte Erfahrungen zu machen und daran zu wachsen. Mit jeder Hürde, die wir meistern, werden wir stärker. Unsere Spielfigur sammelt auf dem Spielfeld und den Ereignisfeldern Punkte.« »Ich muss also positiv denken, aber es passieren trotzdem schlimme Dinge? Was soll denn das für eine komische Spielregel sein«, sagte Luc entrüstet. Doch Jonas Sommer korrigierte: »Die Spielregel lautet vielmehr: Was du für möglich hältst, wird auch möglich werden. Das gilt für Ängste gleichermaßen wie Ersehntes. Denn jeder Mensch wirkt wie ein magnetisches Energiefeld und zieht an, was seinen Gedanken und Gefühlen entspricht. Wer von sich denkt, dass er ein Pechvogel ist, bleibt auch ein Pechvogel und zieht mit seiner negativen Einstellung weitere negative Umstände an. Bei Glückskindern läuft es hingegen wie am Schnürchen und ihre Glückssträhne hält an. Trotzdem kann auch einem Glückskind ein Schicksalsschlag widerfahren. Denn dabei lernt es, mit diesem schicksalshaften Umstand umzugehen und wächst möglicherweise über sich selbst hinaus.«

Luc hatte noch eine weitere Frage zum positiven und negativen Denken: »Muss ich jetzt Angst haben, dass mir etwas Schlechtes passiert, wenn ich es nicht schaffe, positiv zu denken?« »Nein Luc, da brauchst du keine Angst zu haben. Es ist vielmehr so, als ob wir mittels negativen Denkens, die Welt durch eine negative Brille sehen und unser Blick deshalb eher auf Fehlern und Mängeln beruht. Durch eine positive Brille sehen wir hingegen Möglichkeiten und Chancen. Jetzt kannst du dich selbst fragen, was wohl glücklicher macht: Ein halbvolles oder ein halbleeres Wasserglas?« Luc schmunzelte. Das Bild eines halbgefüllten Wasserglases, das manche als halbleer und andere als halbvoll ansahen, war ihm bekannt. »Natürlich können wir nicht alle unsere Gedanken kontrollieren«, gab Jonas Sommer zu. »Dafür denken wir zu viel und dafür wäre auch eine immens hohe Konzentration und Reflektion nötig. Aber wir können immer wieder bewusst gegen negative Gedanken ansteuern, indem wir uns auf das Gute in unserem Leben konzentrieren, dankbar sind und nicht aufhören, an uns selbst und unsere eigenen Chancen zu glauben.

Ich möchte dir noch an einem Beispiel aufzeigen, wie kraftvoll Gedanken sein können: Jeff Bezos, der Gründer von Amazon, hatte die Idee, einen Online-Buchhandel zu gründen. Er fragte einen seiner Arbeitskollegen, ob er diese Vision mit ihm zusammen umsetzten wolle. Doch der Arbeitskollege lehnte ab. Jeff Bezos aber hielt an seiner Idee fest und visualisierte sie täglich. Visualisierung wird die Technik genannt, sich seinen Traum als verwirklicht vorzustellen und das auch gefühlsmäßig zu erleben. Und wir wissen beide, wie die Geschichte weiterging. Denn heute ist Jeff Bezos einer der reichsten Menschen der Welt!« Luc war beeindruckt. »Im Leben eines jeden einzelnen Menschen ist also viel möglich, aber wir können nicht alles kontrollieren. Es gibt Höhen und Tiefen«, fasste Jonas Sommer zusammen.

»Hast du eigentlich darüber nachgedacht, was du noch erleben möchtest?«, fragte er nach einer kurzen Pause. Luc errötete - er würde gerne mit einem Mädchen schlafen. Er wollte wissen, ob Sex wirklich so toll war, wie er im Fernsehen dargestellt wurde und wie es seine älteren Freunde erzählten. Doch das konnte er nicht vor laufender Kamera sagen. Deshalb stammelte er hastig: »Ich würde mal gerne fliegen.« »Nichts leichter als das!«, antwortete Jonas Sommer erfreut. »Ich fliege Paragleitschirm. Sofern du gesundheitlich stabil bist, kann ich mit dir einen Tandemflug machen. Sprich einfach mit deinen Eltern darüber.« Luc versprach es und dann beendeten die beiden den Unterricht für heute.

Nachmittags kam Emily vorbei. Luc fragte sie, ob sie bereits die neuste Unterrichtsstunde gesehen hatte. »Ja, das ist neuerdings das erste, was ich freitags mache, wenn ich von der Schule heimkomme. Ich schaue mir deine Unterrichtsstunde mit Jonas Sommer an. Alle machen das! In der ganzen Schule wird überall nur noch über dich gesprochen«, antwortete Emily. Luc errötete, er hatte nicht damit gerechnet, dass sich sein Projekt so schnell ausbreiten würde. Und irgendwie war es ihm auch unangenehm, so viel Aufmerksamkeit auf sich zu ziehen. Besonders, da er nicht mehr der gesunde und schöne Luc von früher war.

Da Luc schwieg, redete Emily weiter: »Sogar meine Mutter hat sich deine Videos angeschaut. Alle sind fasziniert!« Luc schaute auf den Boden. Da nahm Emily seine Hand und suchte seinen Blick: »Es ist so mutig von dir, dass du dich und deine Krankheit zeigst! Du gibst uns allen so viel, Luc. Bei unseren Schulfreunden geht es doch nur darum, sich möglichst gut darzustellen und sich auf Instagram oder Facebook zu zeigen. Meine Freundinnen reden die meiste Zeit nur noch über Klamotten und wer mit wem zusammen ist oder Schluss gemacht hat. Als mein Vater gestorben ist, ist nur eine einzige meiner Freundinnen zur Beerdigung gekommen! Getröstet hat mich kaum jemand.« Emily musste sich bei dieser Erinnerung eine Träne aus dem Auge wischen. Luc sah sie mitfühlend an und murmelte: »Das sind doch doofe Hühner!« Emily lachte kurz auf, erwiderte dann aber ernst: »Nein, Luc. Ich war doch genauso, bevor mein Vater gestorben ist. Ich habe jeden Tag stundenlang die Posts bei Facebook und Instagram gelesen und mich mit den anderen verglichen. Wenn wir als Familie einen Ausflug gemacht haben, ging es mir nur darum, ein möglichst tolles Selfie zu schießen und so möglichst online Bewunderung von meinen Freunden zu bekommen. Der Ausflug war egal, ich wollte nur ein tolles Foto haben. Und mir ging es so schlecht dabei! Ich habe im Spiegel nur noch das gesehen, was an mir nicht perfekt ist. Meine blöden Sommersprossen und meine strähnigen Haare, mit denen ich nur komische Frisuren hinbekomme.« Luc schaute Emily aufmerksam an. Er fand sie wunderschön. Ihre welligen Haare und die Sommersprossen verliehen ihr eine besondere Natürlichkeit. Luc gefiel es, dass sich Emily nicht verstellte und das strahlte irgendwie auch ihr Aussehen aus. »Du bist schön«, sagte er schlicht. »Naja, ich habe mich irgendwie nur noch verzerrt gesehen. Und ich habe so gelitten! Erst als mein Vater gestorben ist, habe ich erkannt, wie oberflächlich ich gelebt habe und wie unglücklich ich dabei war. Schönsein, Mithalten - all das bringt doch keine Freude! Statt im Internet zu surfen, spiele ich jetzt lieber Cello. Eigentlich poste ich gar nichts mehr. Nur bei dir habe ich eine Ausnahme gemacht und dich angeschrieben!« Doch ehe Luc etwas dazu sagen konnte, sprach Emily weiter: »Und du bringst die da draußen zum Nachdenken! Durch dich erkennen sie, dass es hinter ihrem oberflächlichen Leben mehr gibt. Und ich glaube, dass sich alle nach diesem mehr sehnen. Deshalb bist du auch so schnell ein Hype geworden.« Emily lächelte und da folgte Luc spontan seinem Impuls und küsste ihren schönen, ungeschminkten Mund. Danach lehnte Emily ihren Kopf an Lucs Schulter und er streichelte ihre wundervollen Haare, die, frisch gewaschen, einen süßlichen Duft verströmten. Und dieser Moment war für Luc das höchste Glück dieses Tages.

Den Samstag nutze Luc dazu, seine Internetseiten zu checken. Emily hatte ein Familientreffen und würde ihn heute nicht besuchen. Er vermisste sie bereits nach dem Aufstehen. Immer wieder wiederholte er ihre ermutigenden Worte in seinen Gedanken. Sie gaben ihm Kraft, sein Projekt fortzuführen. Die meisten Kommentare, die er las, waren positiv und kommentierten die Unterrichtsstunde:

Danke, dass du deinen Unterricht mit uns teilst. Ich lerne dabei viel mehr als in der Schule.

Ich habe zu dem, was dein Lehrer erzählt hat, sogar mal einen Film im Kino gesehen (The Secret). Da ist eine Frau auf das Geheimwissen gestoßen, dass man sich nur wünschen muss, was man haben möchte. Bei mir hat das allerdings nicht geklappt. Jetzt verstehe ich auch wieso…

Shit…. Ich sage mir auch jeden Tag so Sachen wie: »Ich kann das nicht, die anderen sind viel besser als ich,…«….

Einige kommentierten auch das Foto von ihm mit Emily oder erinnerten ihn daran, dass er mit seinen Eltern über das Paragleiten sprechen musste.

Luc, woher hast du auf einmal so eine schöne Freundin hergezaubert?

Der Typ hat so Recht. Wir sollten alle unsere Träume verwirklichen! Geh fliegen, Luc!

Doch bevor er mit seinen Eltern über das Paragleiten sprach, wollte er noch eine Sache erledigen. Das Gespräch mit Emily hatte ihn gestern auf eine Idee gebracht. Er schoss ein Selfie von sich und öffnete es dann im Fotoeditor. Statt sich für sein Aussehen zu schämen, beschriftete er mit Pfeilen und Sprüchen seine Körperteile: *»Lustige Augenringe«, »Interessante Glatze«, »bequemes, unmodisches Shirt«, »untrainierte, schwache Arme. Schlecht zum Gewichtheben, aber gut zum Freundin-Umarmen!«* Dann fügte er dem ganzen noch eine Bildunterschrift hinzu:

So schön hat mich der Krebs gemacht. Seid ihr auch so schön? Postet Fotos von euren Schönheitsfehlern und bewertet sie einmal positiv!

Zufrieden lehnte sich Luc zurück und döste vor sich hin. Bereits nach fünf Minuten postete ein erstes Mädchen ein Foto mit einer Zahnlücke. Später trudelten noch viele weitere Fotos ein. Luc war beeindruckt davon, wie viele seinem Aufruf folgten. Naja, es war ja auch Samstag und die meisten hingen wohl vor ihren Laptops oder Handys herum.

Luc sah lustige Zahnlücken, interessante Narben, krumme Zehen, einen Bierbauch, dicke, aber schöne Hintern, zu dünnes oder zu wildes Haar aller Farben und erstaunlich viele Brillen.

Scheinbar hatte jeder etwas an sich selbst auszusetzen, auch die allerschönsten. Aber Luc sah eigentlich nur, dass sich die Personen genau durch diese vermeintlichen Makel von den anderen abhoben. Ein Foto fiel ihm dabei besonders auf: Ein Mädchen hatte ein Foto ihrer Augen gepostet. Im linken hatte sie eine Pigmentstörung und die braune Iris zeigte an einer Stelle einen großen, hellblauen Fleck. Unter dem Foto hatte das Mädchen geschrieben: *Laut den Ärzten ein Fehler der Iris (eine Pigmentstörung), laut meinen Freunden faszinierende Farben.*

Luc kommentierte all die erhaltenen Fotos schließlich mit folgenden Worten: *All diese Merkmale machen euch einzigartig! Ihr seid alle wunderschön und gesund!* Beim Wort gesund verspürte Luc einen kurzen Stich im Herzen. Aber er konnte den Gefühlsschmerz diesmal ertragen, denn er verspürte gleichzeitig auch Freude darüber, dass er etwas bewirkt hatte.

Leider folgte diesem Hoch ein kleines Tief. Luc erwähnte beim gemeinsamen Essen mit seinen Eltern Jonas Sommers Idee mit dem Paragleiten. »Wusstet ihr, dass Jonas Sommer in seiner Freizeit Paragleitschirm fliegt?«, fragte Luc seine Eltern. Sie schüttelten ihre Köpfe. »Du scheinst ihn inzwischen ja ganz gut leiden zu können«, stellte Henry Berens zufrieden fest. Innerlich gratulierte er sich wieder einmal für seine geniale Idee, Jonas Sommer für seinen Sohn eingestellt zu haben. Denn auch ihm war Lucs Veränderung nicht entgangen. Und natürlich auch nicht, dass sein Sohn jetzt eine Freundin hatte. »Der ist in Ordnung«, antwortete Luc schlicht. »Ich glaube, er will mir irgendwie zeigen, dass ich meine letzten Tage nicht verschwenden soll.« Ein betretenes Schweigen legte sich über Familie Berens.

Da war er wieder, der Gedanke an den baldigen Tod, der die Illusion der glücklichen Familie platzen ließ. Doch um Rücksicht auf die Empfindlichkeiten seiner Eltern zu nehmen, hatte Luc keine Zeit mehr. »Er hat mich gefragt, was ich noch so für Wünsche für mein Leben habe. Und ich möchte gerne mal fliegen. Da hat Jonas Sommer mir angeboten, mit mir zusammen Gleitschirm zu fliegen.« »Nein!«, rief seine Mutter sofort aus. »Luc, du hast Krebs! Du kannst nicht Gleitschirm fliegen. Das ist viel zu gefährlich für dich!« »Was soll denn daran gefährlich sein?«, fragte Luc. »Vielleicht wird dir dabei schwindelig oder du fängst dir bei dem Ausflug irgendeine Krankheit ein. Luc, dein Immunsystem ist hinüber. Du solltest froh sei, dass wir dir überhaupt erlauben, dass Emily und Jonas Sommer dich besuchen!« Luc war sprachlos. Er hatte eine andere Reaktion erwartet. Wut keimte in ihm auf und er sagte energisch: »Aber die Ärzte haben doch beim letzten Mal gesagt, dass sie zufrieden mit meinem Zustand sind! Dann kann ich ja wohl Paragleiten gehen!« »Aber das heißt nicht, dass du gesund bist und Sachen machen kannst, die sonst nur Ggesunde tun!« Lucs Mutter wandte sich hilfesuchend an ihren Mann: »Henry, sag du doch auch mal was.« »Wir machen uns einfach Sorgen, Luc. Wir machen alles, was in unserer Macht steht, um dich so lange wie möglich bei uns zu halten. Ich muss wohl mal mit Jonas Sommer sprechen, dass er dir nicht solche Flausen in den Kopf setzen soll!« Silke Berens nickte zufrieden über Henry Berens Worte. Doch nun loderte Lucs Wut so richtig auf und er schrie seine Eltern an: »Ich will aber selbst über mein Leben bestimmen! Und ich will Paragleiten gehen! Ihr könnt schließlich noch jahrelang das machen, was ihr euch so wünscht. Aber ich kann das alles nicht mehr, denn ich werde bald sterben!« Nach diesem Worten war Lucs Wut wieder verraucht und er murmelte nur leise unter Tränen: »Aber zu fliegen, das könnte ich noch erleben. Ich hasse meinen Tumor. Ich will doch nur leben.« Seine Eltern schluckten schwer und Silke Berens unterdrückte ihre Tränen. »Ich werde das mit deinen Ärzten besprechen, Luc«, sagte sie schließlich. »Wenn sie ihr Okay geben, darfst du mit Jonas Sommer fliegen gehen.« Auch Henry Berens nickte zustimmend.

Nun wollte keiner mehr weiteressen und Luc verzog sich in sein Zimmer. Dort rettete eine Nachricht von Emily seinen Tag. Sie hatte trotz ihres Familientreffens Lucs Foto kommentiert und für alle lesbar geschrieben:

Ich habe den schönsten Freund der Welt!

Luc vermisste Emily sehr. Glücklicherweise kam sie an den folgenden Tagen wieder vorbei und er konnte sie in seinen Armen halten. Und es gab noch einen weiteren Anlass zur Freude. Silke Berens hatte inzwischen mit Lucs Ärzten telefoniert und sie sahen in Lucs Plänen, Gleitschirm zu fliegen, keine akute Gefährdung seines Zustandes.

Als Jonas Sommer am nächsten Freitag wieder vorbeikam, platze Luc zugleich mit der guten Nachricht heraus: »Ich darf mit dir fliegen!« Die Vorfreude, aus dem Haus herauszukommen und etwas Neues zu erleben, erfüllte ihn. Auch Jonas Sommer freut sich darüber. »Sobald das Wetter passt und eine gute Thermik herrscht, werde ich mich bei dir melden und dich zum Fliegen treffen«, sagte er und fügte hinzu: »Du kannst auch deine Freundin mitbringen. Ich starte mit dem Gleitschirm gerne am Staufenberg. Es ist ein wirklich romantischer Ort! Der Ausblick auf das Tal ist wunderschön und es gibt dort auch eine kleine Hütte mit Grillstelle.« Das Wort *romantisch* ließ Luc kurz erröten, aber die Idee, Emily mitzubringen, gefiel ihm und so nickte er zustimmend.

Danach schaltete Luc seine Digicam an, um die Unterrichtsstunde mit Jonas Sommer zu filmen. »Wie war deine Woche, Luc?«, wollte Jonas Sommer wissen. »Gut«, antwortete Luc, »meine Freundin hat mich fast jeden Tag besucht und die Idee, unseren Unterricht zu filmen, hat sich großartig entwickelt. Ich bekomme viele Kommentare und stell dir vor: Meine Freundin hat mir erzählt, dass sogar ihre Mutter unseren Unterricht anschaut. « Da lachte Jonas Sommer und sagte in die Kamera gewandt: »Dann schicke ich jetzt herzliche Grüße an deine Freundin, ihre Mutter und an alle anderen, die uns zuschauen!« »Außerdem habe ich noch ein Foto von mir mit

Glatze und Augenringen gepostet«, erzählte Luc weiter. »Mit diesem Foto habe ich die anderen dazu aufgefordert, sich ebenfalls ganz unverstellt zu fotografieren und ihre vermeintlichen Schönheitsfehler einmal positiv zu bewerten.« Jonas Sommer nickte anerkennend und bekräftigte: »Wir können lernen, mit uns und anderen großzügig zu sein. Wir können lernen, die Stärken zu sehen, statt nach Fehlern zu suchen. Deine Aktion passt übrigens auch prima zu den hermetischen Gesetzen, über die wir bereits gesprochen haben. Denn an und für sich ist eine Sache oder ein körperliches Merkmal neutral. Doch mit unserer Bewertung, entscheiden wir darüber, ob wir etwas als *gut* oder *schlecht* empfinden. Wenn wir nun wiederum unseren Blickwinkel verändern, kann uns das dabei helfen, glücklich zu werden.

Du und all die anderen habt einen negativen Reiz neu bewertet und so in etwas Positives verwandelt. Denn ein scheinbarer Schönheitsmakel muss keine Minderwertigkeit auslösen, sondern kann uns auch einzigartig machen. Statt uns minderwertig wegen einer großen Nase zu fühlen, können wir anerkennen, dass uns diese Nase ein besonders charakteristisches Aussehen verleiht. Oder wir sind einfach dankbar darüber, dass wir eine gut funktionierende Nase haben, die uns in jeder Situation den richtigen Riecher haben lässt - egal ob sie groß oder klein ist.

Unsere Brille, mit der wir die Welt sehen, ist entscheidend für unser Wohlbefinden. Ein Optimist und ein Pessimist können beispielsweise zusammen ein und dasselbe Restaurant besuchen. Dabei genießt der Optimist das leckere Essen und geht anschließend erfreut nach Hause, während der Pessimist ständig nach Kritikpunkten Ausschau hält. Schließlich bemängelt der Pessimist den unfreundlichen Service und geht entsprechend frustrierter nach Hause als der Optimist.

Glücklicherweise können wir alle zu Optimisten werden, indem wir versuchen, verstärkt das Gute in einer jeden Situation wahrzunehmen. Durch positives Denken wird uns unser Leben immer erfreulicher erscheinen. Unser Wohlbefinden ergibt sich aus unseren Gedanken und Gefühlen.« Da dachte Luc beschämt daran, wie er sich wochenlang in seinem Zimmer vergraben hatte und alles und jeden nur noch mit Angst oder Hass angeblickt hatte. Das waren keine schönen Wochen gewesen. »So einfach ist das aber gar nicht«, murmelte Luc. Jonas Sommer zuckte mit den Schultern. »Für die einen ist es einfach, für die anderen schwer. Aber wir alle können uns und unser Leben verändern. Das besagt übrigens auch eine weitere Spielregel des Lebens, das sogenannte Prinzip der Schwingung. Dem Prinzip der Schwingung zufolge ist alles in ständiger Bewegung. Nichts ist wirklich in Ruhe oder starr, sondern alles verändert sich fortwährend. Beispielsweise verändert sich unser Körper jeden Tag. Denn die Zellen in unserem Körper werden ständig neu gebildet. Auch wenn wir von außen betrachtet jeden Tag gleich aussehen - über die Jahre hinweg altert unser Körper sichtbar. Und so ist unser Körper heute ein völlig anderer, als er noch vor sieben Jahren war. Auch wenn es manchmal so scheint, gibt es keinen Stillstand! Alles verändert sich fortlaufend und Veränderung entspricht der wahren Natur des Seins.«

Jonas Sommer machte eine Pause. Da Luc keine Erwiderung einfiel, fuhr er nach einer Weile fort: »Das Leben verläuft in gewissen Bahnen und Rhythmen. Und wenn ein Zyklus abgeschlossen ist, beginnt der nächste. Das besagt das Prinzip des Rhythmus. Also eine weitere Spielregel des Lebens. Auf den Menschen übertragen bedeutet dieses Prinzip, dass wir vom Säugling zum Kind, vom Kind zum Erwachsenen und vom Erwachsenen zum Alten werden und jeder Lebensabschnitt seine ganz eigenen Lernaufgaben bereithält.

Rhythmische Zyklen erkennen wir auch in der Natur, in der sich nicht nur die Jahreszeiten, sondern auch der Tag und die Nacht abwechseln.

Für unseren Alltag bedeutet diese Spielregel eigentlich, dass nichts von Dauer ist. Erfahrungen wie Glück oder Trauer wechseln sich ab, auch wenn wir Menschen gerne versuchen das Glück festzuhalten und uns gegen traurige oder ängstigende Erfahrungen wehren wollen. Die Weisheit des Meisters besteht aber darin, alle Erfahrungen anzunehmen. Also die schönen Dinge zu genießen, zu ändern was zu ändern ist und das zu akzeptieren, was nicht geändert werden kann. Und da draußen läuft ein rosa Elefant durch den Garten….« Jonas Sommer bemerkte, dass er die Aufmerksamkeit seines Schülers verloren hatte. Jetzt schnipste er mit dem Finger. »Bist du noch da, Luc?« »Ja klar«, antwortete Luc und richtete sich auf. Er stammelte: »Alles bewegt und verändert sich. Waren das jetzt alle Spielregeln?« »Nein, drei fehlen noch«, antwortete Jonas Sommer und blickte auf seine Armbanduhr. »Ich möchte heute aber nur noch über ein hermetisches Prinzip, das der Polarität, sprechen. Dieses Prinzip besagt, dass unsere Welt in Gegensätzen aufgebaut ist. Der Tag existiert zum Beispiel nur, weil es auch die Nacht gibt. Tag und Nacht sind demnach die zwei verschiedenen Seiten einer Münze. Und so verhält es sich auch mit allen anderen Phänomenen. Wir wissen, was Hitze ist, weil wir auch Kälte kennen. Das Hässliche hilft uns dabei, das Schöne zu erkennen. Durch Streit lernen wir Frieden und Harmonie zu schätzen. Alles besitzt einen Gegenpol. Wir Menschen denken gerne in schwarz oder weiß und teilen alles in Schubladen ein. Alles, was wir mit unseren Sinnesorganen wahrnehmen, bewerten wir blitzschnell und automatisch in gut oder schlecht. So bewerten wir die große Nase eines Freundes als hässlich und übersehen dabei, dass unser Freund durch genau diese große Nase so einzigartig und charakteristisch aussieht und prima riechen kann. Wir beurteilen etwas viel zu schnell als gut oder schlecht und vergessen, dass jedes einseitige Urteil von uns nur die halbe Wahrheit ist! Das Prinzip der Polarität will uns also daraufhin weisen, dass alles zwei Seiten hat und dass wir unser Schwarz oder Weiß-Denken in ein Schwarz und Weiß-Denken umwandeln können. Das hilft uns nicht nur dabei, sozialer und großzügiger zu werden, sondern auch unsere Probleme zu lösen. Denn das Problem ist die eine Seite der

Münze und was ist die andere, Luc?« Luc dachte kurz nach und antwortete dann triumphierend: »Die Lösung!«

»Wenn Menschen zu mir in die Praxis kommen, erzählen sie mir sehr ausführlich von ihren Problemen. Ich stoße sie dann dazu an, auf die andere Seite der Münze zu blicken. Beispielsweise kommen immer wieder Menschen zu mir, die sehr unzufrieden mit ihrer Arbeitsstelle sind, oftmals schon jahrelang. Doch anstatt etwas zu verändern, also zum Beispiel einmal ein offenes Gespräch mit ihrem Chef zu führen oder sich eine neue Arbeitsstelle zu suchen, verhalten sie sich unauffällig und leiden im Stillen. Sie jammern nur bei ihren Freunden, ohne aktiv zu handeln. Gemeinsam entwickele ich dann mit ihnen eine Lösungsstrategie, um ihre Arbeitssituation konkret zu verändern.« »Warum kündigen sie nicht einfach allein? Es wird doch niemand dazu gezwungen, einen blöden Job auszuhalten?«, fragte Luc nach. »Oh Luc, darauf gibt es keine einfache Antwort. Viele haben einfach Angst davor, ihren Job zu kündigen oder sich beim Chef unbeliebt zu machen. Es gibt schließlich keine Garantie dafür, nach einer Kündigung wieder einen neuen Job zu finden. Andere wiederum denken, dass sie Unfreundlichkeiten am Arbeitsplatz aushalten müssen, weil sie es nicht besser verdient haben. Erinnerst du dich noch daran, dass wir darüber gesprochen haben, dass jeder Mensch in sich unbewusste Glaubenssätze gespeichert hat?« »Ja«, antwortete Luc, »zum Beispiel sowas wie *Man kann im Leben nicht alles haben*?« »Ganz genau, so was wie *Man kann im Leben nicht alles haben* oder *Man muss hart arbeiten, um erfolgreich zu sein.* Manch einer glaubt sogar, dass er oder sie kein Glück verdient habe oder bereits als Pechvogel geboren sei. Manchmal muss ich mit einem Klienten erst einen falschen Glaubenssatz aufdecken, bevor wir eine Lösung für sein Problem finden können.« »Das ist ja schlimm, warum denken manche so etwas?«, fragte Luc nach. »Viele Glaubenssätze sind bereits in unserer Kindheit entstanden und dienten dazu, uns zu schützen und die Liebe unserer Eltern zu bekommen, indem wir uns angepasst verhalten haben. Außerdem haben all unsere Gewohnheiten, Routinen und Bewertungsmuster auch eine positive Seite. Wenn wir nicht so rasant schnell Sinneseindrücke filtern und bewerten und wir nicht so viele Bewegungsabläufe automatisch ausführen würden, wäre unser Gehirn ziemlich überfordert! Das, was gut für uns ist und hilft, wird jedoch dann negativ, wenn wir es über die Jahre hinweg starr und unverändert mit uns herumschleppen. Zu klein gewordene Schuhe sollten wir besser durch passende austauschen! Aber die alten Schuhe erscheinen uns vertraut und bequem und wir haben Angst davor, neue Schuhe auszuprobieren. Wenn uns aber jemand mit neuen Schuhen begegnet, kommt es zum Konflikt«, erklärte Jonas Sommer. »Warum kommt es dann zum Konflikt?«, wollte Luc wissen. »Weil dieser Mensch uns aufzeigt, dass wir eigentlich auch unsere Schuhe wechseln sollten. Deshalb reagieren wir entweder offen mit Neid auf die neuen Schuhe unseres Gegenübers oder wir verurteilen diesen Menschen dafür, dass er es gewagt hat, neue Schuhe anzuziehen und verteidigen unsere alten Schuhe im Gegenzug.« »Wir Menschen sind ja ganz schön dämlich!«, stellte Luc fest. Da lachte Jonas Sommer. »Ja, aber wir sind alle so. Ich auch. Da hilft nur, sich selbst zu ertappen und es dann besser zu machen. Erzähl mir doch mal, was du bei deinen Freunden beneidest oder ablehnst«, forderte Jonas Sommer Luc auf. »Puh!«, seufzte Luc und kratzte sich am Kopf. »Inzwischen hat sich bei mir im Leben ja einiges verändert. Aber früher habe ich immer meine Freunde um ihre Geschwister beneidet.« »Weil du selber gerne welche hättest?«, fragte Jonas Sommer. »Ja«, stimmte Luc zu. »Und was mich einmal gestört hat war, dass ein Freund von mir die Schule gewechselt hat. Er ist auf ein bilinguales Internat gewechselt.« »Was hat dich daran genau gestört?«, fragte Jonas Sommer nach. »Ich weiß nicht so recht. In der Klasse haben wir über ihn gelästert, dass er sich wohl für was Besseres hält.« »Ein bilinguales Internat hört sich nach einer großen Chance an, die für das spätere Berufsleben viele Türen öffnet. Vielleicht wärst du ja selber gerne auf eine solche Schule gegangen«, vermutete Jonas Sommer. Luc zuckte nur mit den Schultern. »Was uns bei anderen abstößt, weist uns in der Regel daraufhin, was wir uns für uns selbst wünschen oder was wir tief im Inneren befürchten oder ablehnen. Also könnte bei deiner Reaktion auch die Angst, dass ein gewöhnlicher Schulabschluss nicht so gut ist, wie ein Schulabschluss an einer besonderen Schule, eine Rolle gespielt haben.

Erwachsene lästern zum Beispiel sehr gerne über Paare, die sich trennen. Die lästernde Person hat vielleicht die starre Moralvorstellung verinnerlicht, dass man Eheversprechen nicht brechen darf oder sie spielt möglicherweise selbst mit dem Gedanken, sich von ihrem Partner zu trennen und ist dafür nicht mutig genug. Oder es schwingt nochmal ein anderer innerer Konflikt mit, der die Lästerei verstärkt. Denn unsere negative Reaktion auf eine bestimmte Person oder ihre Tat, weist uns letztlich auf etwas hin, das uns innerlich selbst beschäftigt. Durch unsere Reaktionen werden andere Personen somit zu Spiegeln für uns selbst.« Luc kannte das von seiner Mutter. Die berichtete tatsächlich gerne in aller Ausführlichkeit, wer sich von wem getrennt oder hat scheiden lassen. Nun fragte er sich, weshalb sie sich so sehr für Trennungsgeschichten interessierte. »Das Leben ist ja ganz schön kompliziert«, seufzte er. »Ja und nein. Eigentlich müssen wir doch nur leben und dabei verschiedene Erfahrungen sammeln. Und bei negativen Gefühlen dürfen wir gerne etwas genauer hinschauen und uns fragen, wo sie herrühren.

Oder wir verleihen dem, was wir negativ bewertet haben, eine positive Bedeutung. Denn alles hat zwei Seiten und wir können auch das Gute im Schlechten suchen.« In diesem Moment piepte die Kamera und ein rotes Licht blinkte auf und erlosch. »Mist!«, rief Luc. »Jetzt ist der Akku leer.« »Dann ist das jetzt ja ein guter Zeitpunkt, um unsere Stunde zu beenden«, sagte Jonas Sommer und schaute aus dem Fenster. Die Sonne strahlte vom blauen Himmel herab. »Wenn das Wetter weiterhin so gut bleibt wie heute, können wir gleich dieses Wochenende zusammen fliegen gehen. Ich rufe bei euch an, sobald ich zu Hause nach dem Wetter geschaut und meine Pläne für das Wochenende gemacht habe.«

Dann verabschiedeten sich die beiden voneinander und Luc ruhte sich aus. Von all dem Gerede schwirrte ihm der Kopf. Er musste sich zuerst ausruhen, bevor er sich um den Akku seiner Digicam und die Veröffentlichung des neusten Videos kümmern konnte.

Jonas Sommer hielt Wort und rief noch am selben Tag bei den Berens an. Er lud Luc für den nächsten Tag zu einer Flugrunde ein. Silke Berens wollte ihren Sohn bei dieser Aktion im Auge behalten. Und da Wochenende war und auch Henry Berens Zeit hatte, machte sich am Samstag die gesamte Familie Berens auf den Weg zum Staufenberg. Auch Emily war mit dabei.

Jonas Sommer wartete bereits dort auf sie und bereitete den Gleitschirm vor. Als er die Berens erblickte, lief er lächelnd auf sie zu. »Hey Luc«, rief er aus, »na, bist du bereit zum Fliegen?« »Ja klar«, antwortete Luc, obwohl er in Wahrheit ein kleines bisschen Muffensausen hatte. Er war schließlich noch nie Gleitschirm geflogen und wusste nicht, was auf ihn zukam. Jonas Sommer schüttelte Lucs Eltern zur Begrüßung die Hände und stellte sich Emily vor. »Und du machst dann ein paar Fotos von Luc zur Dokumentation?«, fragte er sie. »Sowieso«, antwortete Emily und zog ihr Handy hervor, »dieser Moment wird definitiv festgehalten!« »Die Thermik ist heute so lala. Wahrscheinlich wird es kein besonders langer Flug werden. Aber das könnte wiederum bedeuten, dass noch Zeit für einen zweiten Start bleibt. Dann könntest du auch mit mir fliegen«, sagte Jonas Sommer zu Emily und schaute danach Lucs Eltern an, »oder jemand von Ihnen.« »Wir lassen Emily den Vortritt«, sagte Silke Berens schnell. »Wir fühlen uns auf dem Boden sicherer.« »Na gut«, meinte Jonas Sommer, »dann lass uns starten, Luc! Ach ja und noch eine Sache: Wir werden später, schätzungsweise in einer halben Stunde, unten im Tal landen. Können Sie uns von dort wieder einsammeln?« »Selbstverständlich«, antwortete Henry Berens, »Luc, hast du dein Handy dabei? Dann kannst du uns anrufen, wenn ihr gelandet seid.«

»Klar«, sagte Luc. Er zog zum Beweis sein Handy aus seiner Hosentasche. Dann wandte er sich noch mahnend seinen Eltern zu: »Seid bloß nett zu Emily! Fragt sie nicht aus und erzählt ihr auch keine peinlichen Kindergeschichten von mir!« Daraufhin mussten alle Erwachsenen lachen.

Luc und Jonas Sommer liefen zum Gleitschirm hinüber. Dort half Jonas Sommer Luc, in die Gurte zu steigen und sie zu befestigen. Nachdem Jonas Sommer noch einmal alle Schnallen sicherheitshalber überprüft hatte, ging es los. Er wies Luc an, mit ihm zusammen Anlauf zu nehmen, sodass sich der Schirm aufspannen konnte. Beim Anlaufnehmen machte Luc seine Augen zu, denn sie rannten geradewegs auf einen Abgrund zu. Doch statt zu stürzen, merkte Luc, wie der Gleitschirm sie sachte nach oben zog. Er öffnete seine Augen und sah, dass sie bereits in der Luft schwebten und immer höher stiegen.

Mit seinen Armen lenkte Jonas Sommer den Schirm. Er ließ den Schirm eine Kurve fliegen, sodass sie nun über Lucs Eltern und Emily hinwegflogen. Die drei sahen von hier oben sehr klein und weit entfernt aus. Dann drehte der Schirm einen weiteren Bogen und sie flogen nun über das Tal hinweg. Es war ein Schweben, Gleiten und Getragen-Werden. Luc fühlte sich ganz im Einklang mit sich selbst und der Natur. All seine Probleme hatte er beim Absprung auf dem Boden gelassen und nahm nun nur noch die schöne Landschaft unter sich wahr und spürte, wie die Luft an ihm vorbeizog. Komisch, früher hatte er keinen Blick für die Schönheit der Natur gehabt.

»Höher hinaus schaffen wir es heute nicht«, unterbrach Jonas Sommer seine Gedanken, »dafür ist die Thermik nicht ausreichend.« »Dann kann man nicht jeden Tag fliegen gehen?«, fragte Luc. »Nein«, erklärte Jonas Sommer, »die Thermik muss stimmen, was meistens bei sehr schönem Wetter der Fall ist. Man kann natürlich auch bei etwas schlechterem Wetter starten. Aber dann kann es durchaus gefährlich werden, zum Beispiel wenn plötzlich ein Unwetter aufzieht.« Und dann erzählte Jonas Sommer von einigen seiner eigenen Erlebnisse und von Unfällen, die anderen Fliegern widerfahren waren. Während Luc gebannt zuhörte, erreichten sie bereits den Boden. »Achtung!«, rief Jonas Sommer plötzlich. »Wir landen sehr schnell, wahrscheinlich müssen wir beim Aufkommen kurz rennen.« Nach einem harten Aufprall, der sie ins Straucheln brachte, hatten sie schließlich wieder festen Boden unter den Füßen.

Kurz darauf kamen auch schon Lucs Eltern und Emily mit dem Auto angefahren. Sie fanden einen Luc vor, dessen Gesicht vor Freude leuchtete. Nachdem Jonas Sommer den Schirm zusammengepackt und im Kofferraum verstaut hatte, quetschten sich alle ins Auto hinein.

»Es war unglaublich toll!«, rief Luc im Auto aus. Lucs Eltern freuten sich für ihren Sohn. »Na, das muss ja ein toller Unterricht von euch sein, wenn ihr dort solche Aktionen miteinander besprecht«, witzelte Henry Berens. »Klar«, antwortete Luc ohne zu zögern, »Jonas ist der beste Lehrer auf der ganzen Welt!« »Ich glaube, Luc hat einen Flugrausch!«, lachte Jonas Sommer. Doch Emily widersprach: »Nein, du bist wirklich ein toller Lehrer! Das sagen auch alle aus der Schule.« »Waren Sie einmal zu Gast in Lucs Schule?«, fragte Silke Berens verwundert. »Nicht direkt«, erwiderte Jonas Sommer, »aber Luc hat ein Projekt gestartet. Er filmt unsere Unterrichtsstunden und teilt sie dann im Internet mit seinen Freunden.« »Das hast du uns ja gar nicht erzählt«, wandte sich Silke Berens leicht gekränkgt an ihren Sohn. Luc zuckte nur mit den Schultern. Emily rettete die Situation, in dem sie sagte: »Ich finde es richtig mutig von Luc, dass er im Internet über seine Krankheit spricht und dann auch noch seinen Unterricht mit uns teilt. Denn dadurch ermutigt er uns andere, mal hinter unsere Oberflächlichkeiten zu gucken.« Auch Jonas Sommer ergriff Wort für Luc: »Luc macht wertvolle Erfahrungen und indem er sie im Internet teilt, können auch andere davon profitieren.«

Henry Berens schaute in den Rückspiegel und blickte voller Stolz auf seinen Sohn. Luc spürte die Blicke auf sich und murmelte verlegen: »Ich versuche eben, das Beste aus meinem Unglück zu machen.« »Ich bin stolz auf dich«, sagte Henry Berens schließlich und fragte: »Und wo können deine Mutter und ich uns diesen tollen Unterricht ansehen?« »Da müssen sie nur Lucs Internetseiten besuchen«, antwortete Emily. »Dort gibt es auch bald tolle Paragleitfotos zu sehen. Schau mal Luc, das hier ist genial geworden!« Emily reichte Luc ihr Handy mit dem Foto und er starte fasziniert auf das Display.

Silke Berens seufzte ergebend: »Vielleicht sollten wir das mit dem Fliegen doch auch mal ausprobieren.« »Es muss ja nicht gleich ein Flug mit einem Paragleitschirm sein«, entgegnete Jonas Sommer sanft. »Aber mal etwas Neues auszuprobieren und somit den Alltagstrott zu durchbrechen, ist sicherlich eine gute Idee!« »Ja, du könntest mal etwas Neues kochen, da hätte ich nichts dagegen«, stimmte Henry Berens zu. »Ich glaube, so hat das Herr Sommer nicht gemeint!«, murrte Silke Berens und verdrehte theatralisch ihre Augen. »Es ist ganz egal, was für eine Sache es ist. Es muss nur etwas Neues für Sie sein. Da können Sie auch gleich mitmachen, Herr Berens«, sagte Jonas Sommer. »Puh!«, erwiderte Henry Berens. »Da fällt mir gar nichts ein. Was haben Sie denn in ihrem Leben noch nie getan, Herr Sommer?« »Da gibt es eine ganze Menge«, antwortete Jonas Sommer. »Ich habe zum Beispiel noch nie etwas mit einer Nähmaschine genäht oder mit verbundenen Augen gegessen. Es gibt Restaurants, in denen es ganz dunkel ist und die Kellner sind blind. Zu so einem Black-Dinner wollte ich immer schonmal gehen.« Die nächste Frage ging an Luc: »Und was hast du noch nie gemacht?« »Ich habe auch noch nie im Dunkeln gegessen«, sagte Luc und überlegte weiter, dabei ließ er seinen Blick aus dem Fenster schweifen. »Und ich habe noch nie Titanic gesehen.« »Du hast noch nie Titanic gesehen, den größten Liebesfilm aller Zeiten?!«, fragte Emily entsetzt. »Das müssen wir unbedingt ändern!« Und mit dieser

Feststellung erreichten sie den Staufenberg erneut. Diesmal durfte Emily mit Jonas Sommer starten.

Auch dieser Tag blieb Luc als einer der schönsten Tage in Erinnerung. Deshalb wurde er am Abend auch ausführlich im Internet dokumentiert. Luc lud einige Fotos vom Paragleiten hoch und schrieb darunter:

> Es war so toll, etwas Neus zu erleben! Probiert doch auch mal etwas aus, was ihr noch nie in eurem Leben gemacht habt. Es ist ganz egal was, nur sollte es für euch neu sein (Sushi essen oder einen Baum pflanzen oder eben das, was ihr schon immer einmal tun wolltet).

Auch Luc beteiligte sich an seiner eigenen Aktion. Denn Emily brachte bei ihrem nächsten Besuch den Film Titanic mit. Zwar war Luc immer noch nicht sonderlich scharf darauf, einen Liebesfilm zu sehen, aber um mit Emily auf dem Sofa zu kuscheln, schaute er sich sogar Titanic an. Und der Film schaffte erneut, was Luc seit seiner Diagnosestellung zu verdrängen versucht hatte: Er brachte ihn zum Weinen. Luc konnte sich selbst nicht erklären, weshalb er plötzlich in Tränen ausbrach. Er schrieb es der dramatischen Filmmusik zu. Doch unbewusst verdeutlichte der Film den beiden Jugendlichen ihr eigenes Schicksal. Denn Luc würde wie Leonardo di Caprio in seiners Filmrolle untergehen, während Emilys Leben weiter ging, wie das der weiblichen Hauptfigur. Wie auch immer - Luc fand sich plötzlich schluchzend in Emilys Schoß wieder, die sanft seinen Kopf streichelte. Dabei biss sie sich auf die Lippe und verwünschte sich dafür, dass sie nicht daran gedacht hatte, dass ein Film mit einem Todesfall ungeeignet für einen Filmnachmittag mit Luc war. Irgendwann versiegten Lucs Tränen und er schaute Emily mit großen Augen an. Sein Blick drückte alles aus, was er mit Worten nicht sagen konnte. Emily erfasste die tiefe Liebe und die großen Qualen, die darin lagen. »Ich liebe dich«, sagte sie. Und dann zog Luc Emily ganz nah zu sich heran und küsste sie.

An diesem Tag gab es keine weiteren Posts von Luc. Emily und Luc behielten diesen kostbaren Moment ganz für sich allein. Jedoch schauten die beiden später gemeinsam auf Lucs Laptop, was ihre Freunde so geschrieben hatten. Lucs neue Aktion war wieder auf großen Anklang gestoßen. Viele hatten sich dazu aufrufen lassen, einmal etwas Neues auszuprobieren. Emily und Luc staunten gemeinsam über die verschiedenen Fotos und Kommentare, die ihre Freunde, Mitschüler und auch unbekannte Jugendliche und Erwachsene bei verschiedensten Aktionen zeigten. Sie sahen Fotos von Menschen, die Straßenmusik machten oder sich verkleidet in der Fußgängerzone zeigten. Andere probierten eigenartig aussehende Lebensmittel oder interessante Sportarten aus. Ein Jugendlicher verkleidete sich als Frau, ein Mädchen las einer alten Oma ein Buch vor und wieder ein anderers hatte mit Kreide ein riesengroßes Sonnenuntergangsbild auf die Straße gemalt. Und zwei ehemalige Freunde von Luc posteten ein Foto von sich beim Müll sammeln.

In einem Kommentar drückte Luc sein Erstaunen aus:

Ich bin begeistert von euch! In euch steckt so viel Potenzial!

Noch lange sprachen Luc und Emily über die verschiedenen Schnappschüsse und sie bekamen dabei selbst Lust, sich weitere Dinge zu überlegen, die sie noch nie gemacht hatten und gemeinsam ausprobieren wollten.

Abends schlief Luc glücklich ein. Am nächsten Tag erwachte er jedoch mit starken Kopfschmerzen. Diesen dumpfen Schmerz hatte Luc schon seit einer Weile nicht mehr gespürt, aber nun war er zurückgekehrt. Frustriert ließ sich Luc zurück ins Bett sinken. Dann würde er eben noch ein bisschen liegen bleiben. Emily war in der Schule und würde erst am späten Nachmittag vorbeikommen. Das Aufstehen lohnte sich also sowieso nicht so richtig.

Doch die Kopfschmerzen hielten auch am Mittag noch an. Schließlich rappelte sich Luc auf und holte sich Schmerzmittel aus dem Medizinschrank im Bad. Auch an den folgenden Tagen griff Luc immer wieder danach, um die drückenden Kopfschmerzen zu kompensieren. Er erzählte aber niemanden davon. Denn er wollte nicht, dass seine Eltern sich wieder vermehrt Sorgen machten.

Und dann kam ein neuer Freitag. Wie immer bereitete Luc seine Kamera im Wohnzimmer vor und wartete danach auf seinen Lehrer. »Wie geht's?«, fragte Jonas Sommer zur Begrüßung. »Gut«, murmelte Luc. Seine Kopfschmerzen verschwieg er. Jonas Sommer sah ihn forschend an. »Du kannst dich jederzeit bei mir melden«, sagte er schließlich. »Wenn du jemand zum Reden brauchst, dann bin ich da! Ganz egal ob es Tag oder Nacht ist.« Jonas Sommer schob Luc eine Visitenkarte zu und schwieg.

Nach einer Weile zuckte er unwillkürlich mit den Schultern und begann mit dem Unterricht: »Inzwischen haben wir schon einige Spielregeln des Lebens besprochen. Nun sind nur noch zwei übrig. Das vorletzte hermetische Prinzip ist das Prinzip von Ursache und Wirkung. Es besagt, dass wir mit all unseren Taten, aber auch Gedanken und Gefühlen, Ursachen setzen, die sich auf andere und auch auf unser eigenes Leben auswirken. Gutes geht demnach aus Gutem hervor und Schlechtes aus Schlechtem. Oder bildlich gesprochen, können wir nur das ernten, was wir säen. Ein Bauer, der Unkraut sät, braucht sich hinterher nicht zu wundern, weshalb er am Ende der Saisons keine Kartoffeln ernten kann.« »Ja, darüber haben wir schon gesprochen, dass jeder für sein Leben selbst verantwortlich ist. Aber du hast zugegeben, dass auch guten Menschen schlechte Dinge passieren können, wie mir zum Beispiel. Ich habe meinen Hirntumor ganz bestimmt nicht selbst gesät! Warum habe ich ihn bekommen?«, unterbrach ihn Luc. Jonas Sommer schaute ihn sanft an. »Diese Frage kann ich dir letztlich nicht beantworten, Luc. Aber ich glaube, dass nichts aus Zufall passiert! Sonst wäre Gott ja ein trunkener Spieler, der willkürlich Schicksäle verteilte. Für deinen Spieler, also der wirkliche Luc Berens, der hinter den verschiedenen Rollen steht, die du hier in diesem Leben spielst, scheint die Erfahrung mit dem Hirntumor auf irgendeine Art und Weise Sinn zu machen. Auch wenn wir das mit unserem Verstand nicht begreifen können. Für dich, deine Eltern und dein Umfeld ist es einfach nur schmerzhaft und grauenvoll, dass du so krank geworden bist!« Jonas Sommer lehnte sich vor und drückte kurz Lucs Hand. Der entzog sie ihm jedoch sofort, wie als ob er sich an Jonas Sommers Händen verbrannt hatte und rief: »Für mich macht der Tumor aber überhaupt keinen Sinn! Ich will einfach wieder gesund sein! Ich will ein ganz normales Leben führen, so wie alle anderen!« »Ja Luc, ja!«, bestätigte ihn Jonas Sommer voller Mitgefühl. »Es ist unendlich schwer, was du aushalten musst!« »Es ist beschissen!«, schrie Luc heraus und haute mit seiner Faust auf ein Sofakissen. Danach begann er zu weinen. Er schluchzte heftig und wiegte seinen Oberkörper hin und her. Nach einer Weile beruhigte er sich wieder. Jonas Sommer reichte ihm ein Taschentuch und Luc schnäuzte sich kräftig. Dann sagte er mit fester Stimme: »Gott ist ein trunkener Spieler!« Jonas Sommer schwieg. Statt einer Erwiderung fuhr er nach einer Weile mit seinem Unterricht fort.

»Das Prinzip von Ursache und Wirkung wird auch karmisches Prinzip genannt. Kennst du das Wort Karma?«, fragte Jonas Sommer. »Ne«, antwortete Luc, »ich weiß nur, dass ich echt mieses Karma haben muss.« Daraufhin musste Jonas Sommer kurz lachen.

»Alles, was wir tun, wirkt sich auf unser Leben aus. Diese Auswirkungen werden als Karma bezeichnet und können positiv, neutral oder negativ für uns sein. Dem karmischen Prinzip zufolge entsteht nichts, was uns im Leben begegnet, zufällig. Sondern wir haben alles selbst herbeigeführt. Jedoch müssen wir die Konsequenzen unserer Handlungen oder Gedanken nicht unbedingt sofort erfahren, sie können auch in einem zukünftigen Leben von uns eintreffen. Was wir einem anderen antun, tun wir uns selbst an. Wenn nicht in diesem Leben, so doch in einem Folgeleben. Die Ursachen für unser heutiges Erleben, können also bereits in einem vorangegangenen Leben gesetzt worden sein. Und so sind wir schockiert über das, was uns so unerwartet zu treffen scheint.« Luc starrte Jonas Sommer an und fragte sich, ob er gerade richtig gehört hatte.

Sein Lehrer sprach über vergangene und künftige Leben, ohne mit der Wimper zu zucken. Er musste übergeschnappt sein! »Ich bin aber noch nie zuvor auf der Welt gewesen!«, behauptete Luc fest. »Die Idee der Wiedergeburt und des Karmas sind uns aus anderen Religionen bekannt. Sie finden sich zum Beispiel im Hinduismus und Buddhismus wieder. So ist der Dalai Lama, das religiöse Oberhaupt der Tibeter, eine Reinkarnation, also eine Wiedergeburt, des vorangegangen Dalai Lama. Nach dem Tod kommt die Seele irgendwann wieder in einem neuen Körper auf die Welt. Für Millionen von Menschen ist diese Vorstellung ganz selbstverständlich.« »Dann wäre es ja gar nicht so schlimm zu sterben«, meinte Luc, »weil der Mensch einfach wieder in einem anderen Körper zur Welt käme.« »Ja, Luc. Wir Menschen haben nur Angst vor dem Tod, weil wir nicht wissen, was uns erwartet. Ich glaube aber, dass wir schon vor unserem Leben hier auf Erden in irgendeiner Art und Weise existiert haben. Und wenn wir sterben, dann werfen wir unsere körperliche Hülle ab und kehren heim. So wie ein Baum im Herbst seine Blätter abwirft, weil er seine Lebenskraft in den Stamm zurückzieht und dann im Frühling wieder neue wachsen lässt.« »Und ist es schön dort, wo wir hingehen nach dem Tod?«, fragte Luc. »Ich bin davon überzeugt. Doch leider kann ich dir das nicht beweisen. Denn es gibt einen Punkt, an dem unser Verstand ausscheidet und wir vertrauen müssen.« »Hmm«, seufzte Luc nur. »Ich hätte auch gerne Beweise«, sagte Jonas Sommer mild.

»Immerhin gibt es einige Berichte von Menschen, die eine Nahtod-Erfahrung gemacht haben. Also Menschen, die für eine kurze Zeitspanne klinisch tot waren und dann doch wieder zu atmen begonnen haben. Und keiner hatte Grauenvolles zu berichten. Viele sahen irgendeine Art von Licht.« Jonas Sommer verlor sich in Gedanken. Dann räusperte er sich und setzte seinen Vortrag fort: »Eigentlich sind alle Menschen todgeweiht. Denn wir alle laufen auf den Tod zu und werden irgendwann sterben. Doch viele haben Angst davor und versuchen das Thema Tod aus ihrem Leben zu verdrängen. Indem wir uns letzten Fragen stellen, können wir jedoch die Angst vor dem Tod überwinden! Und nicht nur das, diese Fragen können uns auch dabei helfen, unser Leben bewusster zu gestalten.

Dem karmischen Prinzip zur Folge werden wir also wiedergeboren und erfahren in diesem Leben die karmischen Auswirkungen aus vorangegangenen Leben. Dabei können sich durchaus positive und negative Aspekte überschneiden. So kann ein guter Ehemann und Vater plötzlich in einen schweren Unfall verwickelt sein. Diese schmerzliche Erfahrung gleicht dann sein angehäuftes Karma aus.« »Dann sind Schicksalsschläge so etwas wie Bestrafungen?«, fragte Luc. »Nein Luc, wir werden nicht bestraft. Wir sollen nur aus unseren Erfahrungen und Erlebnissen lernen und liebevoller werden. Betrügen wir beispielsweise jemandem um sein Geld, erleben wir als karmischen Ausgleich einmal selbst Verluste. So erfahren wir, wie es ist Hab und Gut zu verlieren und werden künftig das Eigentum von anderen achten und schützen.

Wir Menschen haben einen freien Willen und können in jeder Situation frei entscheiden, wie wir uns verhalten. Doch dank der Erfahrungen, die wir in jedem Leben sammeln, werden wir immer liebevoller und mitfühlender. Und nach vielen Erdenleben entscheiden wir uns freiwillig für ein liebevolles Handeln.« »Aber falls es so ist, warum können wir uns dann nicht an vorangegangene Leben erinnern?«, warf Luc ein. »Weißt du noch, dass wir über den

Eisberg gesprochen haben?« Luc nickte. »Ich gehe davon aus, dass wir bestimmte Gefühle und Erfahrungswerte aus vergangenen Leben in unserem Unterbewusstsein gespeichert haben. Aber an unserem Oberflächenbewusstsein haben wir mit der Geburt alles vergessen. Vielleicht, damit wir uns wirklich frei zu allem entscheiden können«, antwortete Jonas Sommer und zuckte mit den Schultern und gab schließlich zu: »Ich weiß es auch nicht.« Aber da stellte Luc schon die nächste Frage: »Dann bin ich also selbst schuld an meinem Tumor, weil ich in einem vorangegangenen Leben etwas Böses gemacht habe?« »Nicht unbedingt etwas Böses. Aber ja, es könnte ein Karmaausgleich sein. Es könnte aber auch sein, dass diese Krankheit für dich und dein Umfeld eine wichtige Erfahrung ist und du sie deshalb erleidest. Erinnerst du dich noch an die Fragekarten, die ich dir untergeschoben habe?« Luc erinnerte sich noch daran. Auch wenn es ihm inzwischen wie eine Ewigkeit vorherkam, seitdem er die Karten gefunden hatte. »Ich hatte gefragt, ob du deine Lebensaufgabe erfüllst.« Luc nickte, er erinnerte sich. »Und was denkst du?«, fragte Jonas Sommer. »Äh, ich weiß nicht so recht. Ich weiß nicht, was meine Lebensaufgabe ist«, antwortete Luc ehrlich. »Wenn wir unserem Herzen folgen, dann erfüllen wir mit unserer Existenz höchstwahrscheinlich unsere Lebensaufgabe. Ich glaube, dass wir alle wie kleine Zahnrädchen in einem großen Werk sind. Als Zahnrädchen sind wir dabei nicht isoliert, sondern stehen mit anderen in Verbindung. Anhand deines Schicksals Luc, kann dein Umfeld beispielsweise lernen, zu leben. Ich erinnere mich noch gut, wie Emily bei unserer gemeinsamen Autofahrt zum Staufenberg gesagt hat, dass du deinen Mitschülern und Mitschülerinnen hilfst, hinter die Oberfläche zu gucken.« Jonas Sommer machte eine Pause und schaute dann Luc an. »Dein Schicksal ist bitter, aber es ist nicht vergebens! Nichts, was uns widerfährt, ist zufällig entstanden, sondern dient unserem höheren Wohle.« Luc schaute Jonas Sommer an und wünschte, dass er auch so ein grenzenloses Vertrauen hätte.

»Woher bist du dir da so sicher?«, fragte Luc. »Ich erlebe jeden Tag in meiner Praxis, dass Menschen ihr Leben oder sich selbst verändern und dadurch glücklicher werden. Und ich glaube daran, dass unsere Gesellschaft immer besser wird.

Mein Großvater ist sehr alt geworden, 95 Jahre. Er hat also fast ein ganzes Jahrhundert erlebt. Einmal habe ich ihn gefragt, ob seiner Meinung nach die Menschheit gleich geblieben, schlechter oder besser geworden ist. Er antwortete ohne zu zögern *besser*. Und dann erklärte er mir zur Begründung, dass es die Menschenrechte und die Gleichberechtigung aller Menschen früher noch nicht gab. Heute ist in unserem Denken fest verankert, dass alle Menschen gleichwürdig sind – aber das war nicht schon immer so. Außerdem machen wir uns heute auch Gedanken über das Tierwohl und den Umweltschutz. Gemeinsam gehen wir also den Entwicklungsweg zu mehr Liebe und Mitgefühl.« »Es gibt aber auch böse Menschen, die Schlechtes tun«, entgegnete Luc. »Ja. Wir alle haben einen freien Willen und können uns frei entscheiden, etwas zu tun oder zu unterlassen. Niemand wird zu etwas gezwungen. Meiner Erfahrung nach macht es aber nicht glücklich, Schlechtes zu tun. Doch jeder muss eben für sich selbst herausfinden, was ihn glücklich macht. Die einen wissen das sofort und andere brauchen eben etwas länger oder gar mehrere Leben lang lang, um herauszufinden, worauf es im Leben wirklich ankommt.« »Und worauf kommt es im Leben wirklich an?«, fragte Luc neugierig. »Diese Frage musst du dir selbst beantworten«, erwiderte Jonas Sommer, »denn für heute ist der Unterricht vorbei.«

Seufzend schaltete Luc die Kamera aus und verabschiedete sich von seinem Lehrer. Noch lange starrte er auf die Kamera in seinen Händen und überlegte, ob er die Stunde tatsächlich im Internet veröffentlichen sollte. Alle würden ihn heulen sehen. Schließlich beschloss Luc die Entscheidung zu verschieben und zuerst einen Mittagschlaf zu machen.

Luc wurde vom Vibrieren seines Handys wach. Emily hatte geschrieben:

Hey Luc,
hattest du heute keinen Unterricht? Der ist doch immer freitags?
Ist alles okay bei dir?
Ich habe nach der Schule gleich geschaut, ob du ein Video hochgeladen hast.
Aber es gab keins!
Deine Em

Alles okay bei mir, Em! Video kommt später.
Kommst du nachher vorbei?

Klar! Ich freue mich auf dich!

Jetzt musste er wohl oder übel das Video hochladen. Denn er hatte es Emily zugesagt. Und da er ja bald sterben würde, war es eigentlich auch egal, was die anderen über ihn dachten. Es war gleichgültig, ob sie über sein Geheule lachten oder nicht. Nur was Emily dachte, war nicht egal. Und die liebte ihn. Daran würde auch das Video nichts ändern! So veröffentlichte er schließlich doch noch das Video der letzten Unterrichtsstunde.

Nicht nur Emily, sondern auch noch viele andere hatten bereits auf das neuste Video von Luc gewartet. Immer weitere Kreise zogen seine Videos und Berichte. Nicht nur Jugendliche, sondern auch Eltern, Lehrer und fremde Personen besuchten Lucs Seiten. Es war, als ob sie alle nur darauf gewartete hätten, Sinnfragen zu stellen und in den Kommentaroptionen miteinander zu diskutieren. Gerade die Frage nach der Reinkarnation, also ob der Mensch nur ein einziges oder viele Leben hintereinander lebte, wurde heiß diskutiert. Doch davon bekam Luc nichts mit. Er hatte beschlossen, die Kommentare zu ignorieren, sein Handy auszuschalten und sich voll und ganz

Emily zu widmen. Die klingelte an der Haustür und hielt eine Tüte in der Hand. »Ich habe dir etwas mitgebracht!«, begrüßte sie Luc und drückte ihm die Tüte entgegen. Luc späte hinein und entdeckte einen Essensbehälter. Vorsichtig öffnete er ihn und runzelte die Stirn. Darin lagen schwarze Röllchen. »Sushi!«, rief Emily begeistert aus. Luc war nicht ganz so begeistert, die schwarzen Blätter sahen wenig appetitlich aus. »Hey, zeig doch mal ein bisschen Begeisterung! Wir wollten doch mal wieder etwas Neues ausprobieren. Und du sagtest, dass du noch nie Sushi gegessen hast. Also hier ist deine Chance, etwas Neues auszuprobieren!« »Äh, danke Emily! Das Essen sieht ja recht interessant aus. Dann hole ich mal Gabeln aus der Küche«, murmelte Luc und verschwand kurz in der Küche. Als er wiederkam, hielt er zwei Gabeln in die Höhe.

In seinem Zimmer setzten sich die beiden aufs Bett. Mutig pikte er ein Röllchen auf und schob es sich in den Mund. So schlecht schmeckte es gar nicht. Eigentlich ziemlich neutral. Trotzdem war es nicht so ganz sein Fall. »Und wie war diese neue Erfahrung für dich?«, fragte Emily nach. »Naja, immerhin muss ich diesmal nicht Titanic mit dir anschauen«, witzelte Luc als Entgegnung. »Männer«, stöhnte Emily theatralisch, »keinen Sinn für Romantik!« Daraufhin schnappte sich Luc ein Kissen und warf es Emily an den Kopf. Was sie natürlich nicht auf sich sitzen ließ und schon war eine Kissenschlacht im Gange. Für Luc eine gelungene Ablenkung, um nicht noch mehr Sushi essen zu müssen.

Am Ende lagen sie umschlungen auf dem Bett. »Was denkst du über das neue Video?«, fragte Luc Emily. »Es war total spannend! Auch meine Mutter hat es sich angesehen und wir haben danach lange miteinander diskutiert, ob wir schon einmal gelebt haben oder nicht.« »Und was glaubst du, Emily?«, fragte Luc. »Ich halte es für möglich. Es gibt Menschen, die behaupten, dass sie schon einmal gelebt haben und sich sogar an ihr letztes Leben erinnern. Aber sicher bin ich mir darüber nicht. Ich kann mich zumindest an kein vorangegangenes Leben von mir erinnern«, antwortete Emily. »Aber wenn es so wäre, dann würde es doch keinen Sinn machen, dass wir alles aus unserem alten Leben vergessen haben«, entgegnete Luc. »Das stimmt. Ich würde echt gerne wissen, was ich so im vergangenen Leben gemacht habe.« »Was ich gemacht habe, ist eigentlich egal. Aber ich hoffe, dass ich dich dort auch getroffen habe«, sagte Luc verliebt. Emily stand auf und schnappte sich auf Lucs Schreibtisch einen Stift und ein Papier. Darauf zeichnete sie eine liegende Acht. »Weißt du, was dieses Symbol bedeutet?«, fragte sie Luc. »Nö«, antwortete Luc, »habe ich noch nie gesehen.« »Das Symbol steht für Unendlichkeit. Und so ist meine Liebe zu dir. Wenn es zukünftige Leben für uns gibt, dann werde ich dich auch dort wiederfinden!« Gerührt schaute er Emily an. So etwas Schönes, hatte noch nie zuvor jemand zu ihm gesagt. Nun traute er sich auch die Frage zu stellen, die ihm auf dem Herzen lag: »Und ist es peinlich, dass ich im Video geweint habe?« »Nein Luc, es ist überhaupt nicht peinlich! Ich wünschte sogar, dass alle anderen Jungen und Männer auch mehr Gefühle zeigen würden. Es war mutig von dir, zu weinen!«

Die beiden wurden durch ein Klopfen an Lucs Zimmertür unterbrochen. Es war Lucs Mutter mit dem Telefon in der Hand. »Luc, da ist eine Frau von der Zeitung am Telefon. Sie hat von deinem Tumor und deinem Unterricht mit Jonas Sommer erfahren und möchte einen Zeitungsartikel über dich schreiben. Was soll ich ihr sagen?«, fragte sie. »Weiß nicht«, sagte Luc und zuckte mit den Schultern. Lucs Mutter nahm seine Unschlüssigkeit wahr und sprach ins Telefon: »Luc muss darüber erst nachdenken. Können Sie in ein paar Tagen noch einmal anrufen?« Dann verabschiedete sie sich von der Reporterin und legte auf. »Die Reporterin ruft nochmal an. Solange kannst du es dir in Ruhe überlegen.« »Soll ich denn?«, fragte Luc unschlüssig. »Ich hatte eigentlich nicht vor, wegen einem Hirntumor berühmt zu werden.« Über das Wort berühmt musste Silke Berens schmunzeln. »Es ist ja nur die Lokalpresse«, meinte sie. »Du wärst also nur eine lokale Berühmtheit. Und das bist du sowieso schon. Gestern habe ich im Supermarkt die Mutter von Jan getroffen, mit dem du früher Tennis gespielt hast, und sie sagte mir, wie berührt sie von deinen Videos ist und dass du ein ganz tapferer Junge bist.« Am Ende des Satzes bebte ihre Stimme. Sie brauchte einen kurzen Moment, um sich zu beruhigen und fuhr dann fort: »Nachdem wir letzte Woche beim Paragleiten waren, haben dein Vater und ich uns auch deine Videos angesehen. Und sie haben uns ebenfalls berührt. Luc, wir sind stolz auf dich und wir unterstützen dich, wo wir nur können!« »Ich finde das mit dem Zeitungsartikel auch eine gute Idee!«, schaltete sich Emily ein. »Dadurch erfahren noch mehr Menschen von deinen Videos und beginnen, sich Fragen zu stellen.« Noch mehr Menschen, die seine Videos sehen würden! Luc wusste nicht, ob er das wirklich wollte. »Und wenn die Reporterin doofe Fragen stellt?« »Dann haue ich ihr eins auf die Nase!«, sagte Emily entschlossen. Darüber musste Luc sehr lachen und er stieß japsend aus: »Mensch Emily, hast du denn beim letzten Video gar nicht aufgepasst? Gewalt ist keine Lösung! Sonst häufst du Karma an und es haut dir im nächsten Leben auch jemand auf die Nase!« Nun erlebte auch Emily einen Lachflash. Und ihr Lachen brachte wiederum Luc noch mehr zum Lachen, sodass sich schließlich beide auf dem Bett krümmten. Silke Berens rollte mit den Augen und verließ mit einem schmunzelnden Ausruf »Jugendliche!« das Zimmer.

Der Vorschlag mit dem Zeitungsinterview ließ Luc keine Ruhe. Er beschloss, Jonas Sommer anzurufen. Schließlich hatte der ja gesagt, dass sich Luc jederzeit bei ihm melden könne. Also kramte Luc Jonas Sommers Visitenkarte heraus und tippte dessen Nummer auf seinem Handy ein. Bereits nach dem zweiten Klingeln nahm Jonas Sommer den Anruf an: »Hey Luc«, meldete er sich. »Äh, hallo Jonas«, stammelte Luc, überrascht darüber, dass Jonas Sommer sofort gewusst hatte, dass er ihn anrief. Schließlich rief Luc zum ersten Mal bei Jonas Sommer an und so musste seine Nummer für sein Handy eigentlich noch unbekannt sein. »Schön, dass du anrufst«, sagte Jonas Sommer und unterbrach somit Lucs Gedankengang. Und Jonas Sommer klang wirklich so, als ob er sich über seinen Anruf freute. »Bei uns hat eine Reporterin von der Zeitung angerufen. Sie möchte mich interviewen und einen Zeitungsartikel über mich schreiben«, erzählte Luc. »Viele Menschen wünschen sich, ins Fernsehen oder in die Presse zu kommen. Aber du klingst nicht allzu begeistert. Was ist los, Luc?«, fragte Jonas Sommer. »Naja, ich habe ja gar nichts Besonderes geleistet oder so. Ich bin einfach nur krank. Und wegen eines Tumors wollte ich nicht gerade berühmt werden«, stellte Luc verdrossen fest. »In den Augen deiner Freunde und Mitschüler machst du aber etwas Besonderes, Luc. Du zeigst dich und wie du mit deiner Krankheit umgehst im Internet. Du versteckst dich nicht, obwohl du nicht mehr der gesunde und coole Jugendliche von früher bist. Und du stellst dir die Frage nach dem Warum des Ganzen. Das ist mutig! Deshalb bist du auch zu einem Vorbild für andere geworden.« »Also rätst du mir dazu, ein Interview zu geben?«, fragte Luc nach. »Das musst du ganz allein entscheiden. Ich möchte dir nur raten, dass du zu dir selbst stehst. Unabhängig davon, ob du das Interview geben wirst oder nicht. Überlege dir einmal, was stark sein wirklich bedeutet: Zu sich selbst zu stehen und Gefühle auszuhalten oder eine besondere Leistung zu erbringen, wie beispielsweise ein Tennismatch zu gewinnen oder einen neuen Rekord aufzustellen?« Schon wieder eine Frage! Luc stöhnte innerlich. Wenn er die Wahl hätte, würde er lieber einen neuen Rekord aufstellen, als negative Gefühle auszuhalten. Im Umkehrschluss bedeutete das wiederum, dass Letzteres wohl wahre Stärke war. Da vernahm Luc wieder Jonas Sommers Stimme am Telefon: »In einer unserer ersten Stunde haben wir darüber gesprochen, dass der größte Gegner immer der Gegner im eigenen Kopf ist und nicht der auf der anderen Seite des Tennisfelds. Vielleicht erinnerst du dich noch daran.« Luc erinnerte sich. »Es erfordert unglaublich viel Mut, sich mit seinem eigenen Gegner im Kopf, also mit seinen eigenen Ängsten, auseinander zu setzen. Und du Luc, du machst das gerade. In dieser Hinsicht bist du viel mutiger als mancher Erwachsener! Viele Erwachsene haben Angst davor, sich mit ihren eigenen Problemen, Schwächen oder schmerzlichen Erfahrungen auseinander zu setzen. Statt sich ihrer Angst zu stellen, trinken sie dann zu viel Alkohol oder arbeiten bis zum Umfallen oder rennen auf eine andere Art und Weise vor ihren Problemen davon.« Luc kannte das von seinem Vater. Henry Berens arbeitete übermäßig viel und trank hin und wieder auch ein Gläschen zu viel Alkohol. Luc fühlte sich deshalb irgendwie schuldig. Er hegte den Verdacht, dass sein Vater es nicht ertrug, ihn so krank zu erleben. Das war auch ein Mitgrund gewesen, weshalb er sich solange in seinem Zimmer verbarrikadiert hatte. Er wollte niemandem zur Last fallen. Bevor Jonas Sommer zu ihnen nach Hause gekommen war, hatte seine Familie allmählich aufgehört, miteinander zu sprechen. Jeder hatte still vor sich hin gelitten. Deshalb nahm sich Luc nun auch entschlossen vor, nicht mehr wegzusehen, sondern sich seinen Ängsten zu stellen. »Und was soll ich der Reporterin erzählen?«, fragte er schließlich. »Darüber brauchst du dir keine Gedanken zu machen! Reporter stellen immer viele Fragen und fügen die Antworten so zusammen, dass am Ende ein lesenswerter Bericht herauskommt. Du brauchst nichts zu beschönigen oder zu übertreiben. Erzähle einfach deine Geschichte.« »Okay, einfach nur meine Geschichte erzählen«, fasste Luc zusammen. »Und noch was«, sagte Jonas Sommer, »frag Emily, ob sie beim Interview dabei sein kann. Sie könnte deinen Rücken stärken.« Ja, das konnte sie bestimmt! Und so vereinbarte Luc schließlich einen Interviewtermin, als die Reporterin erneut anrief. Weiter bat er Emily darum, beim Interview dabei zu sein. Sie war natürlich einverstanden.

Zwei Tage später saßen Luc, Emily und Silke Berens mit einer blonden Lokalreporterin im Wohnzimmer. Die Reporterin war jung, hübsch und wirkte sympathisch. Und sie forderte Luc tatsächlich einfach nur auf, seine Geschichte zu erzählen. Luc begann von seinen plötzlichen Kopfschmerzen und Schwindelattacken zu erzählen, von der Diagnosestellung im Krankenhaus, den vielen, unzähligen Arztbesuchen, der erfolgten Operation und den Krebstherapien. Gelegentlich unterbrach die Reporterin Luc, um eine Frage zu stellen. So wollte sie etwa wissen, wie Lucs Heilungschancen aussahen. »Die Ärzte sind mit ihren Auskünften sehr zurückhaltend«, gab Luc als Antwort und schaute seine Mutter an, die bestätigend nickte. »Da Luc einen Tumor im Kopf hat, sind Operationen schwer. Bei seiner OP, konnten die Ärzte den Tumor nicht vollständig entfernen. Sonst wären möglicherweise wichtige Gehirnregionen beschädigt worden«, erklärte Silke Berens und schluckte schwer. »Da der Tumor nicht vollständig entfernt werden konnte, haben sich seine Heilungschancen aber verschlechtert.« Nun konnte Silke Berens nicht mehr weitersprechen. Denn die Ärzte hatten Luc nach der unerfolgreichen Hirnoperation bereits abgeschrieben. Doch nicht sie! Sie und ihr Mann hatten alles versucht, um Luc zu retten. Henry Berens hatte keine Kosten und Mühe gescheut, um international nach renommierten Krankenhäusern und Ärzten zu suchen und Lucs Krankenakte einzureichen. Jedoch war die Antwort immer gleich vernichtend gewesen, denn niemand wagte sich an eine erneute Operation. Danach hatte sie sich nach alternativen Heilungsmethoden und Therapeuten erkundet. Doch ihr Mann und Luc waren dagegen gewesen. Schließlich war Luc in ein Loch gefallen und hatte sich immer mehr in seinem Zimmer verkrochen. Bis er beinahe nur noch für die anfallenden Arztbesuche sein Zimmer verlassen hatte. Silke Berens hatte alles versucht, um Luc aus seinem Zimmer zu locken, wollte ihn zu Psychologen und Selbsthilfegruppen für Jugendliche überreden. Sie lud sogar heimlich Schulfreunde von Luc ein. Doch Luc wollte niemanden sehen. Schließlich hatte sie ihre Bemühungen aufgegeben und sich der Isolation ihres Sohnes angeschlossen. Sie war selbst kaum mehr aus dem Haus gegangen, um immer für Luc verfügbar zu sein, falls er seine Mutter benötigte.

Luc bemerkte die Trauer, die seine Mutter ergriffen hatte. Er wollte sie irgendwie trösten und suchte nach geeigneten Worten. »Eigentlich sind wir doch alle todgeweiht, Mama«, sagte er schließlich und wiederholte somit Jonas Sommers Worte. »Wir alle werden geboren und laufen dann auf den Tod zu – früher oder später. Soweit ich weiß, liegt die Sterbensrate zumindest immer noch bei 100%.« Eigentlich wollte Luc damit einen Witz machen. Doch Silke Berens konnte nun nicht mehr an sich halten und musste sich ein Taschentuch schnappen, um ihre Tränen wegzuwischen. Das Wort *Tod* verursachte immer noch, dass sich ihre Nackenhärchen aufstellten. »Ich wünschte nur, es wäre später«, sagte sie schluchzend. Emily, die zwischen Luc und seiner Mutter auf dem Sofa saß, legte sachte einen Arm um Silke Berens.

Nach einer kurzen Stille, stellte die Reporterin schließlich erneut Fragen: »Und wie ging es dann weiter, Luc? Wie ist es dazu gekommen, dass du nun einen ganz besonderen Unterricht, einen Unterricht über das Leben und das Sterben, erhältst und diesen im Internet veröffentlichst?« So erzählte Luc von Jonas Sommer und der Idee, die Welt zu sich nach Hause einzuladen. An dieser Stelle schaltete sich auch Emily ein und schilderte, wie viele ihrer Mitschüler und Mitschülerinnen Lucs Beiträge lasen und kaum abwarten konnten, bis es wieder Freitag wurde und Luc ein neues Unterrichtsvideo veröffentlichte. »Luc hat bereits über 500 Followers auf seinen Seiten!«, sagte Emily stolz. Bei dieser Feststellung errötete Luc. »Wir alle nehmen Anteil an deinem Leben, Luc! Und du bringst uns zum Nachdenken über unser eigenes Leben.«

Am Ende machte die Reporterin noch ein paar Fotos von Luc und Emily und bedankte sich bei allen. Sie hatte selten so ein emotionales Interview wie heute geführt.

Außer dem Interview geschah in dieser Woche nicht viel. Luc verbrachte seine Zeit zum Großteil damit, auf Emily zu warten oder zu schlafen. Wach zu sein, strengte ihn nach einer gewissen

Zeitspanne an und er musste sich immer wieder ausruhen. Auch hielten seine Kopfscherzen weiterhin an und er nahm täglich Schmerzmittel. So wartete er nach der Einnahme darauf, dass die Kopfschmerzen zurück gingen oder er wartete darauf, dass es endlich Nachmittag wurde und Emily vorbeikam. Emily war zu seinem Lichtblick geworden. In ihrer Gegenwart fühlte er sich vollständig und glücklich.

Um die Wartezeiten rumzubringen, surfte er immer wieder im Internet und las dann doch die neusten Posts und Nachrichten.

Als seine Kopfschmerzen wieder einmal stärker wurden, musste er feststellen, dass das Schmerzmittel aufgebraucht war. »Mist!«, fluchte er. Nun musste er zu seiner Mutter gehen und zugeben, dass er wieder Kopfschmerzen hatte. Dabei hatte sich in letzter Zeit alles so gut entwickelt. Seine Mutter ging sogar wieder mit ihren Freundinnen zum Kaffeetrinken und sein Vater sang wie früher unter der Dusche. Doch die Kopfschmerzen waren unerträglich! Er suchte also seine Mutter in der Küche auf. »Mama«, sagte er schlicht und zeigte ihr die leere Schmerzmittelpackung. »Ich brauche nochmal solche.« Silke Berens sah sich die Packung an und meinte: »Ich gehe gleich zur Apotheke und besorge dir welche. Brauchst du sonst noch etwas?« Luc schüttelte den Kopf. »Nein, ich habe nur Kopfweh.« »Du hast morgen sowieso wieder einen Kontrolltermin im Krankenhaus, Luc. Dann kannst du den Ärzten sagen, dass du wieder Kopfschmerzen hast«, sagte Silke Berens. »Das mache ich«, erwiderte Luc. »Aber nur, wenn du mir versprichst, dass du trotzdem noch zum Kaffeetrinken mit deinen Freundinnen gehst!« Silke sah ihren Sohn ernst an. »Wir haben uns wohl alle etwas hängen lassen«, stellte sie fest und versprach: »Aber ja, ich werde weiterhin aus dem Haus gehen. Auch wenn es dir wieder schlechter geht.« »Und wenn ich sterbe Mama? Gehst du auch dann noch aus dem Haus?«, forschte Luc weiter. Da schossen Silke Berens unvermittelt die Tränen in die Augen. Aber sie antwortete tapfer: »Ich verspreche dir, dass ich mich auch dann nicht hängen lassen werde.« »Und was ist mit Papa?«, wollte Luc noch wissen. »Papa wird es hart treffen«, gab seine Mutter ehrlich zu. »Aber ich werde ihn regelmäßig zu Jonas Sommer schicken. Und der wird ihm dabei helfen, sich nicht allzu sehr hängen zu lassen.« Die Antworten seiner Mutter erleichterten Luc und er war froh, dass er seiner Mutter diese Fragen gestellt hatte. Dann tat er etwas, was er schon seit sehr langer Zeit nicht mehr getan hatte: Er umarmte seine Mutter, wie er es als kleiner Junge stets getan hatte.

Anschließend brach seine Mutter zur Apotheke auf und Luc döste noch eine Runde auf dem Sofa. Als er aufwachte, lagen die Medikamente neben ihm. So konnte er sie noch vor Emilys Besuch einnehmen.

Als Emily am späteren Nachmittag kam, hatte sie wieder eine Papiertüte dabei. »Emily«, stöhnte Luc, »wir müssen das mit dem *etwas Neues ausprobieren* nicht übertreiben!« »Das hier wird dir aber Spaß machen!«, versprach Emily. »Ist es denn wieder etwas zum Essen?«, fragte Luc. »Ja, Eis!«, antwortete sie. »Dann ist es aber nichts Neues«, entgegnete Luc. »Ich habe nämlich schon oft Eis gegessen.« »Aber bestimmt noch nicht jede Sorte«, vermutete Emily. »Wahrscheinlich habe ich noch nicht jede Sorte ausprobiert«, räumte Luc ein. »Na also!«, rief Emily triumphierend aus. »Ich habe bei der Eisdiele eine Kugel von jeder Sorte gekauft und dir mitgebracht.« Luc schaute Emily verblüfft an. »Du hast was?«, fragte er nach. »Von jeder Eissorte eine Kugel gekauft und dir mitgebracht. Et voilà«, sagte sie und hielt Luc die Tüte hin. Ein riesiger Styroporbehälter war darin. »Eis to go.« Luc war sprachlos. Was für eine unglaublich tolle Freundin er doch hatte! Emily steckte voller Überraschungen. Die beiden bewaffneten sich in der Küche mit Löffeln und probierten dann von jeder Sorte einen Löffel. Zum Schluss kürten sie die fünf besten Sorten, beginnend mit Platz fünf. Die Preisvergabe gestaltete sich schwierig, da jeder Platz ausdiskutiert werden musste. Gehörte Mango oder Rafaello auf Platz fünf und welche Sorte landete auf Platz drei?! Die beiden hatten unterschiedliche Favoriten. Schließlich legte Emily die endgültige Platzierung fest, mit dem Hinweis, dass sie schließlich das Eis bezahlt habe und ihre Stimme deshalb mehr Gewicht bekäme. Luc machte noch ein Foto ihrer endgültigen Platzierung und postete es später im Internet. Er war sich sicher, dass sich der ein oder andere ebenfalls zu einer Krönung der Lieblingseissorten aufriefen ließ.

Der nächste Tag begann früh, denn sein Handy klingelte. Luc schnappte stöhnend danach. 6:30 Uhr! Um diese Uhrzeit schlief er normalerweise noch tief und fest. Auf dem Handydisplay erschien ein Foto von Emily. Schlagartig besserte sich seine Laune und er nuschelte ein verschlafenes »Hey« ins Handy. »Luc, hast du heute schon in die Zeitung gesehen?«, fragte Emily. »Nein«, stöhnte er, »ich schlafe noch!« »Oh sorry!«, entschuldigte sich Emily kurz und quasselte munter weiter. »Dann schau mal rein. Der Artikel über dich ist heute drin. Eine ganze Seite! Mit einem Farbfoto von uns beiden!« »Äh, danke für die Information, Emily. Dann lese ich heute wohl mal die Zeitung.« »Viel Spaß Luc, ich muss jetzt los zur Schule.« »Tschüss, Em!«, sagte Luc noch, während sie bereits auflegte. Da er nun sowieso schon wach war, konnte er auch aufstehen.

Seine Eltern staunten nicht schlecht, als Luc zu so früher Stunde in die Küche lief. Sein Vater war noch nicht zur Arbeit aufgebrochen, sondern saß in der Küche und las Zeitung. Sofort schob ihm sein Vater die Zeitung rüber und Luc blickte auf ein großes Foto von sich und Emily. Luc sah darauf ernst aus und starrte mit großen Augen, die von dunklen Augenrändern umrahmt waren, den Betrachter an, aber Emily rettete das Foto mit ihrem strahlenden Lächeln. **Der todgeweihte Teenager** stand als große Überschrift auf der Seite. Zu theatralisch fand Luc. Aber der Rest des Artikels war in Ordnung. Es war tatsächlich ein lesenswerter Bericht geworden, so wie es Jonas Sommer prophezeit hatte. Stolz klopfte ihm sein Vater auf die Schulter, bevor er sich zur Arbeit verabschiedete.

»Luc, dein Arzttermin ist um neun Uhr«, erinnerte ihn seine Mutter. »Möchtest du etwas frühstücken?« »Ich glaube, ich lege mich lieber noch mal eine Runde hin. Sieben Uhr ist nicht meine Uhrzeit«, antwortete Luc.

Später beim Kontrolltermin im Krankenhaus wurde er mehrfach auf den Zeitungsartikel angesprochen. »Ich habe dich heute in der Zeitung gesehen!«, begrüßte ihn auch der Oberarzt der Kinderonkologie. »Das ist ein toller Bericht über dich!« »Danke«, murmelte Luc leicht verlegen. »Und wie geht es dem Patienten?«, wollte der Arzt nun von Luc wissen. »Hm, die Kopfschmerzen haben wieder angefangen«, gab Luc zu. »Auf einer Skala von 1 bis 10, bei der 1 schmerzfrei und 10 extrem schmerzhaft bedeutet: Wo ordnest du sie ein?«, fragte der Arzt. »Noch aushaltbar, also so zwischen 6 und 7. Mit Kopfschmerztabletten aus der Apotheke gehen sie weg.« »Ich möchte dich gleich zum Röntgen schicken. Dann können wir sehen, ob dein Tumor wieder gewachsen ist. Anschließend sprechen wir weiter.« Der Arzt händigte Luc seine Krankenakte aus und schickte ihn und seine Mutter zur Röntgenabteilung. Dort mussten sie wie immer warten. Nach eineinhalb Stunden saßen Luc und seine Mutter schließlich wieder beim Oberarzt. »Verzeihen Sie die lange Wartezeit«, entschuldigte sich der Arzt. »Ich musste mich noch mit meinen Kollegen besprechen.« Dann blickte er Luc und seine Mutter eindringlich an. »Der Tumor ist wieder etwas gewachsen. Das war zu erwarten und darüber haben wir ja bereits gesprochen. Meine Kollegen und ich möchten nun einen weiteren Chemotherapie- Zyklus durchführen. Die Chemotherapie wird den Krebs nicht besiegen, da möchte ich Ihnen keine falsche Hoffnung machen, aber sie kann Luc mehr Zeit verschaffen und das Wachstum des Tumors ausbremsen.« Luc war entsetzt. »Dann muss ich wieder ins Krankenhaus?« »Ja, für etwa drei Wochen«, antwortete der Arzt. »Wir könnten die Behandlung gleich am Montag beginnen. Dann hast du noch das Wochenende zu Hause. Außerdem verschreibe ich dir noch ein etwas stärkeres Schmerzmittel. Das kannst du einnehmen, falls deine Kopfschmerzen über das Wochenende schlimmer werden.« »Und wenn die Chemotherapie vorbei ist, dann darf ich wieder nach Hause?«, fragte Luc nach. »Wenn die Chemotherapie vorbei ist und du soweit stabil bist, darfst du wieder nach Hause.« *Mehr Zeit verschaffen* – die Worte klangen in Luc nach. Noch mehr Zeit mit Emily – das wollte Luc unbedingt. »Okay, dann machen wir das«, stimmte er dem Arzt zu, wohlwissend, dass es drei üble Wochen im Krankenhaus werden würden. Auch Silke Berens gab ihr Einverständnis. Niedergeschmettert traten Luc und seine Mutter den Heimweg an. Dabei hatte der Tag am Morgen so gut gestartet.

Am späteren Nachmittag kam Emily wie üblich zu Besuch. Sie hatte alkoholfreien Sekt und alkoholhaltigen Sekt dabei. »Ich will mit dir auf den Zeitungsartikel anstoßen«, erklärte sie. »Aber ich war mir nicht so sicher, ob du Alkohol trinken darfst. Deshalb habe ich einfach einen normalen und einen alkoholfreien Sekt gekauft.« Doch als sie Lucs Gesicht sah, begann sie zu stocken. »Du scheinst nicht gerade in Feierlaune zu sein«, stellte sie fest. »Nein, mir ist heute nicht nach Anstoßen zumute«, gab Luc zu. »Schlechte Nachrichten vom Arztbesuch?«, fragte Emily vorsichtig. »Schlechte Nachrichten vom Arztbesuch!«, bestätigte Luc. Und dann erklärte er Emily schweren Herzens, dass er wieder für drei Wochen ins Krankenhaus müsse. Emily reagierte großartig. Statt die Sache schönzureden oder weiter zu dramatisieren, war sie einfach nur da und hielt empathisch Lucs Hand. »Wir haben noch ein ganzes Wochenende zusammen. Vielleicht können wir noch einen Ausflug machen oder so«, überlegte Emily. Luc zuckte mit den Schultern. Es war ihm egal, was sie machten, Hauptsache Emily war bei ihm. »Ich überlege mir etwas«, meinte Emily. Und dann kuschelten sie in Lucs Zimmer miteinander.

Der nächste Tag war ein Freitag und Jonas Sommer kam vorbei. Auch er bemerkte, dass Luc betrübt war. »Was ist los Luc?«, fragte er. »Ich muss wieder ins Krankenhaus«, murmelte Luc, »nochmal für drei Wochen eine Chemotherapie machen.« Jonas Sommer nickte ernst. »Solange muss auch unser Unterricht ausfallen«, sprach Luc weiter. »Dann machen wir eben eine Pause und wenn du wieder zurück zu Hause bist, können wir mit dem Unterricht weiter machen, oder auch nicht. Das darfst du entscheiden«, entgegnete Jonas Sommer. »Natürlich will ich unseren Unterricht dann fortsetzen! Ich kann doch meine Followers nicht so einfach hängen lassen. Sonst lernen die da draußen ja gar nichts Sinnvolles mehr«, scherzte Luc. Daraufhin lachte Jonas Sommer und bestätigte: »Stimmt wohl! Dein Fanclub braucht Stoff. Besonders, da er sich seit dem gestrigen Zeitungsartikel noch vergrößert hat!« Luc schlug sich mit der flachen Hand gegen den Kopf. Der Zeitungsartikel! Den hatte er bereits völlig vergessen. »Es war ein guter Artikel, Luc! Ich habe ihn gern gelesen«, ermunterte ihn Jonas Sommer. »Und was gibt es für mich und meinen Fanclub heute zu lernen, Herr Lehrer?«, fragte Luc gespielt artig. »Es ist noch eine letzte Lebensspielregel übrig, über die wir noch nicht gesprochen haben«, antwortete Jonas Sommer, »und zwar das Prinzip des Geschlechtes. Das Prinzip des Geschlechtes will uns darauf hinweisen, dass in jedem Lebewesen, also auch uns Menschen, weibliche und männliche Anteile zugleich stecken. Und das Ziel ist, unsere innere Männlichkeit und unsere innere Weiblichkeit miteinander in Einklang zu bringen.« »Hä?«, fragte Luc. »Was soll das denn bedeuten? Ich weiß nur, dass mein Geschlecht männlich ist.« »Ja, dein sexuelles Geschlecht ist männlich«, bestätigte Jonas Sommer. »Aber darüber hinaus hat jeder Mensch in sich weibliche und männliche Qualitäten. Männer verstecken aber gerne ihre weiche Seite und sprechen nicht so gerne über Gefühle.« »Dann sind Gefühle die weibliche Seite?«, stellte Luc fragend fest. »Ja, unser Verstand ist eher eine männliche Qualität und unsere Gefühle sind weiblicher Qualität.

Unser Gehirn besteht aus zwei Hirnhälften, die unterschiedliche Aufgabenbereiche haben. Unsere linke Gehirnhälfte ist dabei der Sitz der Rationalität und des Verstandes, also männlicher Qualitäten. Unsere rechte Hirnhälfte hingegen ist der Sitz der Intuition, also weiblicher Qualitäten.« »Intuition ist also Gefühl?«, fragte Luc nach, der das Wort Intuition zwar schon oft gehört, aber seine Bedeutung nicht vollständig erfasst hatte. »Intuition ist so etwas wie ein spontanes, unmittelbares Wissen oder eine Eingabe, die nicht aus unserem Verstand kommt. Bei Entscheidungen wägen wir Menschen zum Beispiel oft verschiedene Argumente gegeneinander ab und entscheiden uns dann für die Option, für die wir mehr Argumente gesammelt haben. Ich hatte einmal den spontanen Einfall, eine Regenjacke zum Spaziergang mitzunehmen. Aber als ich das Haus verließ, schien die Sonne und der Wetterbericht hatte für diesen Tag nur einen Sonnen-Wolken-Mix angesagt, keinen Regen. Also habe ich die Regenjacke dann doch zu Hause gelassen. Und du kannst es dir schon denken: Nachdem ich eine halbe Stunde unterwegs war, fing es plötzlich an zu regnen und ich stand ohne Regenjacke da.« Luc lachte ihn aus und sagte besserwisserisch: »Hättest du nur mal auf deine innere Stimme gehört!« »Ja, hätte ich nur mal auf meine innere Stimme gehört!«, bestätigte Jonas Sommer ebenfalls lachend.

»Leider sind mir solcherlei Situationen schon öfters passiert. Denn ich, und wohl die allermeisten Menschen unserer Gesellschaft, haben gelernt, alles mit dem Verstand zu analysieren. Bei den meisten, und ich bin da eben keine Ausnahme, überwiegt die männliche Seite. Dabei vergessen wir, dass es auch eine Weisheit des Herzens gibt und wir alle viel häufiger auf unsere Herzensstimme hören sollten.« »Dann haben es Frauen also leichter, weil bei ihnen die weibliche Seite stärker ist als bei uns Männern?«, fragte Luc. »Nein«, erklärte Jonas Sommer, »denn das mit der Männlichkeit und der Weiblichkeit ist nur ein sprachliches Bild. Statt von Männlichkeit und Weiblichkeit könnte ich auch von Yin und Yang sprechen. Yin und Yang ist ein Konzept der chinesischen Philosophie, wobei Yin für das Weibliche, Passive oder auch Dunkle und Nasse steht und Yang für das Männliche, Aktive, Helle oder Warme. Vielleicht ist dir das Symbol von Yin und Yang bekannt: Es ist ein Kreis mit einer schwarzen und einer weißen Hälfte. In jeder Kreishälfte ist noch ein Punkt der entgegengesetzten Farbe enthalten.« Luc nickte, das Symbol kannte er. »Es geht darum, Yin und Yang in Harmonie zueinander zu bringen oder unseren Kopf mit unserem Herzen. Und Frauen haben damit genauso zu kämpfen, wie wir Männer. Das hat also weniger mit dem Sexualgeschlecht und mehr mit Persönlichkeitsaspekten zu tun. Dem einem fällt es leichter, auf sein Herz zu hören, dem anderen schwerer.

Wobei ich dir aber zustimme, ist, dass es Frauen im Allgemeinen etwas leichter fällt, über Gefühle zu sprechen als uns Männern. Wie sieht es bei dir aus, Luc: Sprichst du ab und zu über deine Gefühle mit deinen Freunden?« Luc errötete und schüttelte den Kopf. Allein das Wort *Gefühle* bereitete ihm Unbehagen. Bisher hatte er eigentlich nur mit Emily oder Jonas Sommer über sein Innenleben gesprochen. »Und hast du mal Mädchen belauscht?«, fragte Jonas Sommer. »Die quatschen da schon drüber«, gab Luc zu. »Wir Männer werden aber auch von unseren Eltern anders erzogen. Mädchen dürfen zum Beispiel eher weinen als Jungen. Zumindest war das bei mir als Kind so. Wenn ich hingefallen bin, hieß es von meinen Eltern, dass ich mich zusammenreißen soll und dass ein starker Junge nicht weinen würde. Um ehrlich zu sein, habe ich erst als junger Erwachsener gelernt, über Gefühle zu sprechen. Davor habe ich meine Gefühle eher unterdrückt. Aber was glaubst du, was mit unterdrückten Gefühlen passiert?« Luc musste nachdenken und sagte schließlich: »Also mein Vater rastet manchmal aus und schreit plötzlich herum. Hat das was mit unterdrückten Gefühlen zu tun?« »Wahrscheinlich. Denn unterdrückte Gefühle verschwinden nicht einfach, sondern sammeln sich in unserem Unterbewusstsein an. Wenn bei deinem Vater der innere Druck zu hoch wird, kann es sein, dass sein Dampfkessel plötzlich überkocht. Aber es muss nicht unbedingt zum Überkochen kommen. Unterdrückte Gefühle können auch eine Weile dahinschwelen und sich irgendwann als körperliche Symptome, wie zum Beispiel Kopfschmerzen oder Ausschläge, niederschlagen.« Luc schluckte. Dass unterdrückte Gefühle krank machen können, hatte er noch nie gehört. Doch Jonas Sommer sprach bereits weiter: »Die bessere Strategie ist es allemal, seine Gefühle wahrzunehmen, sie zu betrachten und dann loszulassen - sie wie Vögel davonfliegen zu lassen. Kleine Kinder können das wunderbar. Hast du mal ein kleines Kind bei einem Gefühlsausbruch beobachtet?« Luc zuckte mit den Schultern, er hatte keinen Kontakt zu kleinen Kindern. »Sie weinen oder schreien herzzerreißend. Und kurz darauf spielen sie wieder fröhlich und friedlich, wie als ob nichts passiert wäre.« »Dann sollen wir also alle wie kleine Kinder schreien und weinen?«, fragte Luc ungläubig. »Das wäre ja peinlich!« »Es reicht schon aus, für sich selbst festzustellen, dass man eben traurig, wütend oder ängstlich ist und sich selbst zugesteht, dieses Gefühl auch haben zu dürfen. Wenn wir unsere Gefühle zulassen, können sie sich auflösen.« »Und dann weitermachen?«, hakte Luc ein. Jonas Sommer nickte. »Und dann weitermachen oder sich auf die Lösung des Problems konzentrieren.«

Nach einer kurzen Pause fuhr Jonas Sommer fort: »Wenn wir unsere weibliche Seite mehr zulassen und mit unserer männlichen Seite in Einklang bringen, entfalten wir unser volles Potenzial. Bei Musikern lässt sich das gut beobachten. Ein Musiker, der technisch perfekt sein Instrument spielt, aber ohne große Leidenschaft, wird uns nicht fesseln. Andersherum kann ich aber auch voller Leidenschaft für ein Instrument sein. Ohne Instrumentenunterricht, also ohne Kenntnisse über die Technik, wird mich meine Leidenschaft nicht zu einem Konzertmeister machen.

Das Streben nach Einklang und Harmonie können wir übrigens auch in der Natur beobachten. In allen Lebewesen ruht das Bedürfnis nach totaler Verschmelzung. Deshalb suchen so viele Menschen ja auch nach ihrer großen Liebe oder anders gesagt nach ihrer entgegengesetzten Ergänzungshälfte.« Inzwischen war sich Luc nicht mehr so sicher, ob sein Lehrer nun doch über Sexualität sprach. Um

Peinlichkeiten zu umgehen, wechselte Luc dezent das Thema: »Und wie lautet also dein Tipp?« »Mein Tipp?!«, entgegnete Jonas Sommer lachend. »Auf das eigene Herz hören und mehr Mut zu Gefühlen haben!« Damit hatte Luc sein Ziel erreicht, denn Jonas Sommer wechselte das Thema.

»Hast du gewusst, dass es sogar wissenschaftliche Hinweise auf eine Weisheit des Herzens gibt?« »Nein«, antwortete Luc schlicht. Schließlich hatte er sich bisher weder mit Psychologie, Philosophie noch Theologie befasst. »Forscher haben entdeckt, dass unser Herz ein neuronales System mit etwa 40.000 Nervenzellen istbesitzt. Dies wird in der Wissenschaft als Herzgehirn bezeichnet. Das Herzgehirn steht wiederum in direkter Verbindung mit unserem Kopfgehirn. Ist das nicht faszinierend?«, fragte Jonas Sommer. Ohne tatsächlich eine Antwort zu erwarten, sprach er weiter: »Unser Herz ist also weit mehr als nur eine Pumpe, die in unserem Körper den Blutkreislauf aufrechterhält. Es gibt tatsächlich ein Herzwissen. Informationen können unser Herz erreichen, bevor sie in unserem Gehirn angekommen sind. Wir Menschen können also über Informationen verfügen, ohne sie zuvor rational zu adaptieren. Jetzt sind wir wieder beim Stichwort *Intuition* angelangt.« Luc nickte und erinnerte: »Die Regenjacke mitnehmen!« »Genau!«, bekräftigte Jonas Sommer. »Wir profitieren davon, wenn wir auf unser Bauchgefühl oder unsere innere Stimme hören und unsere Regenjacke mitnehmen. Aber nicht nur im Privatleben, sondern auch im Berufsleben können wir uns von unserer Intuition leiten lassen. Ich kenne Beispiele von Menschen, die intuitiv arbeiten. Ein Bekannter von mir handelt mit Aktien und er verlässt sich beim Kauf voll und ganz auf sein Gefühl. Bisher hat er dabei immer den richtigen Riecher gehabt. Meine Cousine wiederum arbeitet als Tierarzthelferin. Wenn sie ein krankes Tier sieht, weiß sie oftmals schon, was dem Tier fehlt – noch bevor der Tierarzt das Tier untersucht und eine Diagnose gestellt hat!« Luc staunte über die beiden beeindruckenden Beispiele. »Wir alle können intuitiv sein«, fuhr Jonas Sommer fort. »Ich gehe auch stark davon aus, dass wir in den nächsten Jahren aus der Forschung noch mehr von diesem Herzgehirn hören werden. Und dass weitere Wege aufgezeigt werden, um die Verbindung zwischen Kopf und Herz zu stärken.« »Wie kann die Verbindung zwischen Kopf und Herz gestärkt werden?«, fragte Luc. »Zum Beispiel, indem wir still werden und nach innen lauschen, wie es in der Meditation gemacht wird. Aber wir können auch ganz gezielt unsere Intuition verbessern. Denn diese kann wie ein Muskel oder eine Fremdsprache trainiert werden. Wenn das nächste Mal dein Handy klingelt oder vibriert, kannst du dich fragen, wer anruft oder schreibt, bevor du aufs Display schaust.« Jetzt wurde Luc aufgeregt: »Als ich dich neulich angerufen habe, hast du gleich gewusst, dass ich dich anrufe. Hast du meine Nummer schon gekannt oder hast du geraten, dass ich am anderen Ende der Leitung bin?« Jonas Sommer schmunzelte und antwortete: »Nein, ich habe nur eine unbekannte Nummer auf dem Display gesehen. Aber dabei hatte ich spontan dein Bild im Kopf.« »Dann hast du also intuitiv gewusst, dass ich anrufe?« »Ja. Wenn mein Handy vibriert, überlege ich zuerst, wer sich bei mir meldet, bevor ich nachsehe.« »Und liegst du immer richtig?« »Nein. Am Anfang habe ich oft danebengelegen. Aber inzwischen bin ich ziemlich gut. Wovon du dich ja selbst überzeugen konntest«, sagte Jonas Sommer und zwinkerte Luc zu. »Das Training eignet sich natürlich auch, wenn jemand an der Haustür klingelt. Oder du überlegst dir bei jedem Stopp mit dem öffentlichen Bus, welche Person an dieser Haltestelle wohl aussteigen wird.« »Meditierst du deshalb jeden Tag?«, fragte Luc, der sich daran erinnerte, dass Jonas Sommer einmal erwähnt hatte, dass er jeden Tag meditieren würde. Jonas Sommer dachte kurz über Lucs Frage nach und erklärte: »Meditation hat viele positive Auswirkungen. Buddhistische Mönche meditieren jeden Tag stundenlang. Meditation hilft dabei, Stresshormone abzubauen, zur Ruhe zu kommen und so zum Beispiel seine eigenen Problemthemen überhaupt erst wahrzunehmen, die sonst im Alltagstrubel untergehen. Außerdem werden die inneren Sinne geschärft, die Verbindung zwischen Kopf und Herz gestärkt und so die Intuition erhöht. Das Ganze kann aber auch auf eine andere Art und Weise erreicht werden. Für mich selbst habe ich die Meditation als hilfreich erfahren. Das bedeutet aber nicht, dass das für alle Menschen gleichermaßen gilt.« Trotzdem - Luc wollte diese Wunderübung einmal ausprobieren und fragte: »Wie geht denn Meditation?« »Am einfachsten ist es, wenn du dich ganz auf deine Atmung konzentrierst«, erklärte ihm Jonas Sommer. »Wenn du möchtest, kann ich dich anleiten und wir können jetzt für zehn Minuten miteinander meditieren.« »Ja gerne«, antwortete Luc, der nun wirklich neugierig geworden war.

Jonas Sommer schaute in die Kamera, die wie üblich lief, und lud auch alle virtuellen Zuschauer zur nachfolgenden Meditation ein. Dann forderte er Luc auf, es sich gemütlich zu machen, seine Augen zu schließen und sich ganz auf seine Atmung zu fokussieren. Das war eigentlich schon alles. Gelegentlich unterbrach Jonas Sommer die Stille und erinnerte Luc daran, mit seiner Konzentration beim Ein- und Ausströmen des Atems zu bleiben. Er erklärte aber auch, dass es ganz normal sei, dass sich die Gedanken selbstständig machten und davonrasten. Luc solle seine Konzentration einfach immer wieder auf seine Atmung zurückführen.

Nachdem Luc eine Weile auf seinen Atem geachtet hatte, wurde er unruhig. Immer wieder drängten sich Gedanken auf, die seine Konzentration störten. Außerdem nahm er nun seine Kopfschmerzen wieder wahr, die er doch eigentlich mit Schmerzmitteln unterdrückt hatte. Schließlich öffnete er kurz seine Augen, um auf die Wohnzimmeruhr zu schielen. Es waren gerade mal drei Minuten vergangen! Luc stöhnte innerlich. Wie sollte er nur sieben weitere Minuten herumbringen? Verdrossen schloss er wieder die Augen und nahm sich diesmal wirklich vor, konzentriert zu bleiben. Doch es war wie verhext. Immer wieder erwischte er sich, wie er über mögliche neue Posts und Internetbeiträge nachdachte, statt sich auf seine Atmung zu fixieren. Und die Zeit schien auch stillzustehen. Zumindest rückten die Uhrzeiger kaum weiter.

Luc fand Meditation unglaublich anstrengend. Jede andere Aufgabe, egal ob Tellerabwaschen oder Rasenmähen, schien ihm verlockender zu sein, als dieses Nichtstun. Für ihn war es unvorstellbar, wie das ein buddhistischer Mönch stundenlang aushalten konnte!

Nach einer qualvollen Ewigkeit erlöste ihn Jonas Sommer endlich, indem er ankündigte, dass Luc nun wieder seine Augen öffnen und sich strecken konnte. Das tat Luc sofort. Zuerst starrte er auf die Uhr. Es waren tatsächlich nur zehn Minuten vergangen! Dann streckte er sich wie aufgefordert, denn ihm waren in den letzten zehn Minuten sämtliche Gliedmaßen eingeschlafen.

»Wie hat es dir gefallen?«, fragte Jonas Sommer. Ihm war Lucs zwischenzeitliche Unruhe nicht entgangen. »Öh«, stammelte Luc, dem die Worte fehlten, »und das soll wirklich dabei helfen, meine Herzensstimme zu stärken?« »Ja. Es hilft auf jeden Fall, den eigenen Gedankenlärm wahrzunehmen, zu sortieren und sich dabei selbst zu erkunden. Stille auszuhalten, ist gar nicht mal so leicht, stimmt's?« »Stimmt«, gab Luc zu.

»Ich habe einmal über ein Projekt an einer Universität gelesen. Dort wurden Studenten dafür bezahlt, dass sie sich allein in einem leeren Raum aufhielten und nichts taten. Handys, Musik und andere Ablenkungen waren natürlich verboten. Für das Nichtstun auch noch bezahlt zu werden, erschien vielen Studenten verlockend und so nahmen einige an dem Projekt teil. Der erste Student brach jedoch bercits nach zwanzig Minuten ab. Länger hatte er die Stille und Ruhe nicht ausgehalten«, erzählte Jonas Sommer. Luc dachte nur, dass er dieser Student hätte sein können. »Umso mehr wir im Stress oder unter Druck sind, umso schwerer fällt es uns, zur Ruhe zu kommen. Viele Erwachsene aus unserer Gesellschaft leiden unter Stress. Dauerstress ist jedoch schädlich für uns, wir fallen aus unserer Mitte heraus und werden langfristig krank. Der natürliche Zustand des Menschen ist eigentlich Gelassenheit.

Wir zwei haben doch mal über Prüfungsangst gesprochen. Eine Person mit Prüfungsangst blockiert sich mit ihrer Angst selbst. Im druckfreien Zustand, zum Beispiel zu Hause auf dem Sofa, kann sie hingegen problemlos ihr Prüfungswissen abrufen. Im Zustand der Gelassenheit kann ein Mensch sein Potenzial am besten entfalten und auch am besten lernen. In der Schule sollten die Lehrer also ihren Schülern am besten beibringen, sich zu entspannen, sich zu fokussieren und ihre individuellen Interessen weiter auszubauen, statt nur stupide Fakten auswendig zu lernen und wiederzugeben.« Darüber musste Luc lachen. Das wäre eine lustige Schule! Doch Jonas Sommer erwiderte: »Ich meine es ernst! Denn was in der Schule gemacht wird, also mit Notendruck zu arbeiten, ist eigentlich kontraproduktiv. Und überlege dir einmal: Lernt ihr Schüler und Schülerinnen in der Schule auf eure Herzen zu hören und eure Stärken und Interessen auszubauen oder lernt ihr euch anzupassen und messbare Leistungen abzurufen?« »Eher letzteres«, gab Luc zu. »Und was ist für euer späteres Leben wichtiger?«, fragte Jonas Sommer weiter. »Es ist wichtig, etwas zu leisten. Dann bekommt man im Job Anerkennung und verdient auch noch viel Geld!«, überlegte Luc. Daraufhin seufzte Jonas Sommer und stellte verdrossen fest: »Wer so denkt, strampelt sich im Job ab und landet dann mit 45 Jahren unglücklich bei mir in der Beratungspraxis.« »Ach so«, murmelte Luc nur. »Geld verdienen kann man auch mit einem Job, der den tatsächlichen Interessen entspricht und Freude bereitet«, gab Jonas Sommer zu bedenken. »Frag doch mal deine Freunde, was sie von einer Schule ohne Noten halten würden.« Luc nickte, das war eine gute Idee für einen neuen Beitrag.

»Genug gequatscht für heute«, stellte Jonas Sommer mit Blick auf seine Armbanduhr fest. »Außerdem haben wir jetzt auch alle sieben hermetischen Prinzipien besprochen.« Dann klopfte er Luc noch auf die Schulter und wünschte ihm alles Gute für seine Chemotherapie. Luc schluckte schwer. Die Chemotherapie hatte er in der letzten Stunde vollkommen vergessen. Nur noch drei Tage bis zum Krankenhaus.

Nachdem Jonas Sommer gegangen war, rappelte er sich vom Sofa auf und schaffte es noch, das neuste Video hochzuladen und die Frage *Sollte unsere Schule notenfrei sein?* zu posten. Dann schlief er erschöpft in seinem Zimmer ein.

Luc wurde wach, weil es an der Tür klingelte. »Emily«, kam es ihm sofort in den Sinn. Als er sich jedoch aufsetzte, fiel sein Blick auf die Uhr. Es war erst halb zwei. Emily kam nie vor vier Uhr. »Es ist wohl nur der Postbote«, dachte Luc und legte sich wieder hin. Seine Mutter bestellte ständig Dinge auf Amazon, die dann die Post haufenweise zu ihnen nach Hause liefern musste.

Doch einen kurzen Moment später klopfte es und Emily streckte ihren Kopf zur Tür herein. »Störe ich?«, fragte sie. »Du störst nie!«, rief Luc freudig aus. »Ich kann dringend jemand zum Kuscheln brauchen.« Da hüpfte Emily auf Lucs Bett und erklärte, dass sie heute extra früher gekommen sei. So hätten sie vor Lucs Krankenhausaufenthalt noch mehr Zeit zusammen. »Hast du schon das neuste Video gesehen?«, fragte Luc. »Ja klar, das habe ich noch angeschaut, bevor ich zu dir gekommen bin«, antwortete Emily. »Und es ist auch schon eine große Diskussion um deine letzte Frage entbrannt.« »Und was denkst du über eine notenfreie Schule?«, fragte Luc. »Ich finde es gut. Ich habe genug davon, gemessen und bewertet zu werden«, sagte Emily deprimiert. Luc hingegen war sich darüber nicht so sicher und gab zu bedenken: »Aber wenn es keine Schulnoten mehr gibt, dann können die Betriebe oder Universitäten doch überhaupt nicht mehr feststellen, wer von den Bewerbern geeignet ist. Zum Medizinstudium werden zum Beispiel nur Abiturienten mit einem Einser- Notendurchschnitt zugelassen. Ohne Noten könnte dann doch jeder Medizin studieren.« Daraufhin rollte

Emily mit ihren Augen und fragte rhetorisch: »Und nur Abiturienten mit einem Einser-Abitur können gute Ärzte sein?! Die mit Zweien und Dreien im Zeugnis nicht?« »Äh doch, wahrscheinlich hängt es nicht unbedingt mit der Schulnote zusammen, ob jemand ein guter Arzt ist oder nicht«, antwortete Luc, holte dann aber erneut aus: »Aber dann würden ja plötzlich alle Medizin studieren oder Consult in einer renommierten Firma werden.« »Ich glaube nicht, dass alle Schulabgänger Medizin studieren oder in eine renommierte Firma einsteigen wollen«, gab Emily zu bedenken. »Vielleicht geht es ja darum anzuerkennen, dass alle Berufe gleichwertig sind. Dann hätte der Schreiner und der Musiker das gleiche Ansehen wie der Arzt oder der Banker. Und dann könnte auch jeder ganz frei den Beruf wählen, der wirklich zu ihm passt.« Luc blickte Emily verliebt an und stellte fest: »Du bist ja eine Weltverbesserin!« Und plötzlich fand er die Idee einer notenfreien Schule gar nicht mehr so absurd.

Später lasen die beiden noch die Kommentare der anderen im Internet durch. Sowohl Schüler als auch Erwachsene beteiligten sich an der Diskussion. Die Meinungen variierten stark.

Ohne Noten geht es nicht! Dann würde sich keiner mehr anstrengen und niemand mehr etwas lernen.

Ohne Notendruck können Schüler viel besser lernen! Dass es auch ohne Noten geht, zeigen Privatschulen, an denen es keine Noten gibt.

Noten sind das einzige Druckmittel, das Lehrer haben. Sonst tanzen ihnen die Schüler völlig auf der Nase herum.

Ich habe immer Angst vor Klassenarbeiten. Das ist so schlimm, dass ich mich krank stelle und mich von meiner Mutter bei Klassenarbeiten entschuldigen lasse. Eine Zeitlang war meine Schulangst so groß, dass ich wochenlang nicht mehr in die Schule gegangen bin....

Irgendwann hat mich meine Mutter dann aber wieder gezwungen hinzugehen.

Ohne Noten wäre unsere Welt besser! Dann würden alle Menschen anfangen statt Leistungen, Persönlichkeiten zu entdecken.

Emily hoffte, dass sich viele ihrer Schullehrer das neuste Video von Luc und Jonas Sommer ansehen würden. Sie beschlich das Gefühl, dass in einer Gesellschaft etwas schiefliefe, wenn Kinder und Jugendliche nicht mehr freiwillig, sondern nur auf Grund von Notendruck lernten. Doch die beiden verfolgten und diskutierten das Thema nicht mehr weiter, da es für Lucs Zukunft unbedeutsam war. Die Frage, was sie dieses Wochenende noch Besonderes zusammen erleben könnten, hingegen schon! Und so begannen Luc und Emily einen Plan zu schmieden.

Am nächsten Tag ging Luc zu seiner Mutter und behauptete, dass seine Kopfschmerzen zugenommen hätten und er bat seine Mutter darum, das Rezept des Oberarztes für ihn in der Apotheke einzulösen. Seine Mutter zog natürlich sofort los und suchte eine Apotheke. Es war Samstagnachmittag und einige Apotheken hatten bereits geschlossen. Lucs Vater steckte wiedermal in seiner Firma. Luc wartete noch einen kurzen Moment ab, dann zog er ein Papier heraus und schrieb seinen Eltern eine Notiz, dass er mit Emily einen Ausflug machte und sie sich nicht sorgen sollten. Denn das war es, was er sich für sein letztes Chemotherapie freies Wochenende wünschte: Zeit mit Emily zu verbringen und zwar so, wie das ganz normale Pärchen tun. Also nicht nur zu Hause herumsitzen, sondern gemeinsam spazieren, einkaufen oder Minigolfspielen gehen. Dafür hatte Luc vorsorglich zwei Kopfschmerztabletten eingenommen und einen Liter Cola getrunken. Er wollte schließlich nicht nach einer halben Stunde schlapp machen. Seine Aufregung und Vorfreude pushten ihn zusätzlich.

Dann klingelte Emily auch schon an der Tür. Sie war mit einem Motorroller gekommen und hielt Luc einen zweiten Helm entgegen. Emily hatte den Roller von einem ihrer Cousins ausgeliehen. Das war eigentlich illegal, weil weder Emily noch Luc einen Rollerführerschein besaßen. Doch das Fahrrad oder der öffentliche Nahverkehr schieden für die beiden aus. Um längere Strecken mit dem Rad zu fahren, war Luc nicht kräftig genug und die Busse fuhren am Wochenende zu spärlich. Außerdem hatte Emily von ihrem Cousin heimlich Fahrstunden erhalten. Sie wusste also, wie man mit einem Roller fährt. Luc versuchte Emily zunächst zu überreden, ihn eine Runde mit dem Roller fahren zu lassen. Doch Emily ließ sich darauf nicht ein. Schließlich gab Luc auf und stieg hinter Emily auf. Und dann ging es los. Emily fuhr sie sicher aus der Stadt hinaus bis zu einem kleinen See mit Tretboot- Verleih.

Motorrollerfahren, Tretbootfahren, Händchenhalten - Luc erlebte die Zeit mit Emily wie im Traum. »Ich wünschte, dieser Tag würde niemals enden«, sagte er. »Dann lass uns noch woanders hingehen«, erwiderte Emily. »Der Tag ist schließlich noch nicht vorbei.« Und so stiegen die beiden nach ihrer Runde im Tretboot wieder auf den Roller um und fuhren weiter aus der Stadt in die Natur hinaus. Ein Ziel hatten die beiden nicht im Sinn, sie fuhren einfach ihrer Nase nach. Felder, Wiesen, Sträucher, Waldabschnitte und Baumalleen zogen an ihnen vorbei. Unabsichtlich waren die beiden dabei auf den Weg zum Staufenberg geraten. »Hier waren wir Paragleiten!«, rief Luc plötzlich aus, der sich an diesen Landschaftsabschnitt erinnerte. Auch Emily erkannte den Staufenberg wieder. »Lass uns hoch zum Startplatz fahren«, schlug Emily spontan vor.

Während die beiden die Welt um sich herum vergaßen, machte sich Lucs Mutter zu Hause große Sorgen um ihren Sohn. Natürlich hatte sie Lucs Notiz gefunden. Diese hatte sie aber nicht beruhigt. »Was, wenn Luc plötzlich ohnmächtig wird?«, fragte sie sich. Sie befürchtete, dass sich Luc überanstrengte. Nervös tigerte sie im Wohnzimmer herum. Nach einer halben Stunde rief sie ihren Mann an. Henry Berens schaffte es, sie zu beruhigen. »Luc hat doch neulich auch mit uns und Jonas Sommer einen Ausflug gemacht. Und da ist auch alles gut gegangen. Es wird schon nichts passieren!«, sagte er. Doch als Henry Berens später von der Arbeit nach Hause kam, war Luc immer noch nicht zurück. Er und seine Frau entschieden sich dazu, auf Lucs Handy anzurufen. Nicht um ihm hinterher zu spionieren, sondern nur um zu fragen, ob alles in Ordnung sei. Doch sie hörten, wie Lucs Handy oben in seinem Zimmer klingelte. Er hatte es dort versehentlich auf dem Bett liegen lassen.

»Luc kommt bestimmt bald heim«, beschwichtigte Henry Berens. »Außerdem ist Emily bei ihm. Emily ist doch ein vernünftiges Mädchen!« Aber eine Stunde später war Luc immer noch nicht zu Hause. Silke Berens beschloss, bei Emilys Mutter anzurufen, um dort nachzufragen, wo die beiden steckten. Aber Silke Berens hatte leider keine Nummer von Emily und ihrer Mutter und wusste auch ihren Nachnamen nicht. Ihre Angst um Luc ließ ihr jedoch keine Ruhe und so telefonierte sie schließlich alle ehemaligen Freunde von Luc ab, um herauszufinden, wie Emily mit Nachnamen hieß und wo sie wohnte. Es war, wie die Nadel im Heuhaufen zu suchen. Denn von Lucs ehemaligen Freunden kannte niemand Emily. Am Ende sprach Silke Berens mit einem Mädchen aus Lucs alter Schulklasse, die sagte, dass Emily bei ihr in der Straße wohnte. Erleichtert atmete Silke Berens auf und beendete das Telefonat. Sofort schnappte sie sich ihre Autoschlüssel, um dorthin zu fahren. Auch Henry Berens beschloss, mitzufahren. Zuvor pinnten die beiden noch für Luc ein großes Schild an die Haustür. *LUC: RUF SOFORT BEI UNS AN, WENN DU DAS LIEST!! DEINE ELTERN* stand darauf. Dann fuhren sie zur genannten Adresse und klingelten an Emilys Haustür. Überrascht öffnete Emilys Mutter die Haustür. Silke und Henry Berens stellten sich vor und fragten dann, wo Luc und Emily steckten. Doch Emilys Mutter hatte auch keine Ahnung. Sie hatte nämlich bis zu diesem Moment angenommen, dass Emily bei Luc zu Hause sei. Tatsächlich hatte sie sich aber auch bereits darüber gewundert, dass

Emily heute so ungewöhnlich lange wegblieb. Bisher war sie immer am frühen Abend wieder von Luc nach Hause gekommen. Inzwischen war es aber schon nach zwanzig Uhr. Was für Jugendliche natürlich noch nicht spät ist, sofern sie eben ihren Eltern Bescheid sagten, dass sie länger ausgingen. Emilys Mutter hatte deswegen auch schon auf Emilys Handy angerufen. Doch es war ausgeschaltet.

»Bestimmt ist etwas passiert!«, rief Silke Berens aus und schaute flehend Emilys Mutter an. »Ihre Tochter ist doch ein verlässliches Mädchen! Emily würde sie doch darüber informieren, wenn sie länger ausginge.« »Jetzt male doch nicht gleich den Teufel an die Wand!«, sagte Henry Berens energisch. Er wusste nicht so recht, wie er mit der Nervosität seiner Frau umgehen sollte. Besonders, da sie ihn selbst damit ansteckte. Glücklicherweise reagierte Emilys Mutter vernünftig. »Nun kommen Sie erst einmal auf einen Kaffee herein«, schlug sie vor. »Und wenn die beiden bis 21 Uhr noch nicht wieder aufgetaucht sind, dann starten wir eine Suchaktion.« Mit diesem Vorschlag waren die Berens einverstanden. Das gemeinsame Kaffeetrinken stellte sich auch als sehr nett heraus. Die beiden Parteien stellten sich gegenseitig neugierige Fragen und erzählten von ihren Kindern. Jedoch meldete sich keines von ihnen, sooft sie auch kontrollierend auf ihre Handys blickten. Um 21 Uhr war immer noch keine Spur von ihnen zu sehen.

Die Berens besprachen mit Emilys Mutter, dass sie sich aufteilen und an verschiedenen Orten nach ihren Kindern suchen wollten. Sie hatten bereits eine Liste zusammengestellt, an welchen Orten sich Kinder oder Jugendliche im Allgemeinen gerne aufhielten.

Zu allererst schauten die Berens noch einmal kurz bei sich zu Hause vorbei. Doch dort war niemand, auch nicht am Marktplatz, der Eisdiele, der Kneipe oder dem Friedhof. Emilys Mutter war genauso erfolglos bei ihrer Suche. Silke Berens brach in Tränen aus. Ihre Anspannung war zu groß geworden. »Vielleicht sind sie ja bei Jonas Sommer«, fiel Henry Berens spontan ein. »Das könnte sein!«, rief seine Frau hoffnungsvoll aus. So kam es, dass Silke und Henry Berens um 22 Uhr bei Jonas Sommer an der Haustür klingelten. Verwundert öffnete Jonas Sommer die Tür. »Ist Luc etwas passiert?«, fragte er sofort. »Nein«, beruhigte Henry Berens, »er ist nur verschwunden, mit Emily. Und wir dachten, dass die beiden vielleicht bei Ihnen sind.« Doch das waren sie leider nicht, wie Lucs Eltern verdrossen feststellen mussten. Dann ließ sich Jonas Sommer die ganze Geschichte erzählen. Also seit wann die beiden fort waren, was sie ihnen für Informationen gegeben und welche Schritte ihre Eltern zur Auffindung bereits unternommen hatten. Als Henry Berens seinen Bericht damit abschloss, an welchen Orten Luc und Emily nicht waren, hielt Jonas Sommer für einen Moment inne und fragte dann, ob sie auch am Staufenberg gesucht hätten. Aufgeregt verneinte Henry Berens. Könnten Luc und Emily bis dorthin gelangt sein? Die drei Erwachsenen hielten es für möglich und beschlossen, dort nachzusehen. Auch Jonas Sommer wollte mitkommen.

Am Staufenberg war es stockdunkel. Dort gab es keine Straßenlaternen. Im Licht der Autoscheinwerfer sahen die drei Erwachsenen aber am oberen Parkplatz einen Roller stehen. »Ist das Lucs oder Emilys Roller?«, fragte Jonas Sommer. Doch Lucs Eltern zuckten nur mit den Schultern. Sie wussten nicht, ob Emily Roller fuhr. Lucs Roller war es zumindest nicht. Sie stiegen aus dem Auto aus und schalteten an ihren Handys die Taschenlampen ein. So fanden sie den Weg bis zur Schutzhütte mit Grillstelle. Umso näher sie der Hütte kamen, umso stärker wurde Jonas Sommers Gefühl, dass die beiden Jugendlichen hier waren. Kurz vor der Hütte blieb er abrupt stehen und bat Henry und Silke Berens darum, zu warten. Die letzten Schritte bis zur Hütte lief er allein.

Zunächst klopfte er an. Aber er erhielt keine Antwort. Dann umfasste er den Türgriff und drückte ihn nach unten. Die Tür war unverschlossen und ließ sich knarzend öffnen. Mit der Handy Taschenlampe leuchtete Jonas Sommer in die Hütte hinein. Im Lichtkegel sah Jonas Sommer am Boden zwei spärlich bekleidete Gestalten liegen. Es waren Luc und Emily, die dort zwischen zerwühlten Kleidungsstücken und alten Wolldecken umschlungen schliefen. »Luc«, rief Jonas Sommer vorsichtig. »Sind sie dort?«, rief Silke Berens aufgeregt von draußen herein. »Ja, es ist alles in Ordnung! Aber bitte warten Sie draußen. Luc und Emily brauchen noch einen kleinen Moment.« Von dem Lärm wurde Luc wach. Verschlafen blinzelte er im Licht. »Bist du das Jonas?«, fragte er irritiert und setzte sich auf. »Ja, Luc. Zieht euch an! Deine Eltern haben euch überall gesucht und sind hier.« »Was? Meine Eltern sind hier!«, rief Luc erschrocken aus und suchte panisch seine Kleider auf dem Boden. »Mist, wir sind wohl aus Versehen eingeschlafen«, brummte er. Nachdem er sich sein Shirt übergezogen hatte, rüttelte er an Emilys Schulter, um sie zu wecken. Jonas Sommer drehte sich derweil um und schritt aus der Hütte. Draußen erklärte er Lucs Eltern, dass es den beiden gut ginge und sie nur aus Vversehen eingeschlafen seien. Die beiden waren nicht absichtlich davongelaufen! Sie hatten nur die Welt um sich herum vergessen.

Als Emily und Luc schließlich im Türrahmen erschienen, schrie Silke Berens erleichtert auf und stürmte auf ihren Sohn zu. Gott war sie froh, Luc wohlbehalten in ihren Armen zu halten. Sie hatte wirklich befürchtet, dass Luc etwas zugestoßen sei. Henry Berens reagierte anders. Als Familienoberhaupt drängte es ihn, den beiden eine Standpauke zu halten: »Das war so leichtsinnig von euch! Luc ist schwerkrank. Da könnt ihr nicht einfach davonlaufen und niemandem verraten, wo ihr steckt! Himmel-Herr-Gott, wir haben uns Sorgen um euch gemacht! An uns habt ihr bei der ganzen Aktion überhaupt nicht gedacht!« Betreten nuschelte Luc ein: »Tut mir leid!« und auch Emily schaute verlegen zu Boden. Und damit war die Tirade auch schon wieder beendet. Räudig folgten Luc und Emily den drei Erwachsenen zum Parkplatz. »Ich rufe sofort meine Mutter an und sage, dass es uns gut geht!«, fiel Emily plötzlich ein. Sie zog ihr Handy aus der Tasche und schaltete es ein. Mit schlechtem Gewissen stellte sie fest, dass sie drei Anrufe von ihrer Mutter verpasst hatte. Nun rief sie zurück und erklärte ihr, dass alles in Ordnung sei und sie bald heim käme.

Währenddessen gelangten sie zum Motorroller. »Ist das deiner?«, fragte Jonas Sommer Emily. Luc und seine Eltern kletterten bereits ins Auto. »Naja, eigentlich nicht - der gehört meinem Cousin. Ich habe ihn nur ausgeliehen. Um ehrlich zu sein, habe ich gar keinen Rollerführerschein«, gab Emily zu. Keine Ausreden und Lügen mehr – das hatte sie sich fest vorgenommen. Durch ihre und Lucs Gedankenlosigkeit hatten sie ihre Eltern verängstigt und enttäuscht. »Oje«, seufzte Jonas Sommer nur und schlug dann vor, dass Emily mit den Berens heimfahren sollte. Er würde den Roller nehmen. Dankbar nahm Emily seinen Vorschlag an. Im Dunkeln wollte sie nicht die ganze Strecke allein mit dem Roller zurücklegen.

Während seiner Heimfahrt mit dem Roller fühlte sich Jonas Sommer in seine Zeit als junger Erwachsener zurückversetzt, als er mit seinem Motorrad nächtliche Spritztouren unternommen hatte. So fuhr ein glücklicher Jonas Sommer auf dem Roller und zwei erleichterte Eltern, mit schwerverliebten Jugendlichen auf der Rückbank, mit dem Auto nach Hause.

Auch am Sonntag kam Emily zu Besuch. Luc war gerade dabei, ein paar Sachen für das Krankenhaus einzupacken, als Emily hereinkam. Dem Tag haftete eine gewisse Melancholie an. Denn ab morgen würde die Illusion der Normalität endgültig vorbei sein und Lucs Erkrankung würde wieder im Vordergrund stehen. Außerdem hatten die beiden noch ein schlechtes Gewissen darüber, dass sie gestern ihre Eltern in Sorge versetzt hatten. Deshalb blieben sie heute auch lieber bei Luc zu Hause, obwohl bisher noch niemand ihr gestriges Verschwinden erwähnt hatte.

Als Luc das meiste eingepackt hatte, machte er ein Foto der Tasche und postete es auf seinen Internetseiten. Unter das Foto schrieb er:

Abschied nehmen: Ab morgen gehe ich für eine dreiwöchige Chemotherapie ins Krankenhaus. Solange findet auch kein Unterricht mit Jonas Sommer statt!

Seine Leser antworteten mit traurigen Icons und gute Wünschen für seine Chemotherapie. Viele versuchten ihre Trauer und ihr Mitgefühl auszudrücken oder bedankten sich bei Luc, für die bisherigen, tollen Unterrichtsstunden.

Ich werde die Tage zählen, bis du wieder aus dem Krankenhaus zurückkommst und der Unterricht mit Jonas Sommer wieder stattfindet!

Unter den vielen Zuschriften war eine besonders berührende Nachricht, die Luc lange in Erinnerung blieb:

Meine Eltern schieben mich hin und her! Mal wohne ich bei meinem Vater, mal bei meiner Mutter. Für meine Lehrer bin ich nur der Versager und letzte Woche hat auch noch meine Freundin Schluss gemacht. Ich denke oft an dich, Luc, denn du musst noch viel mehr erleiden. Deine Geschichte schenkt mir Mut, niemals aufzugeben! Denn zu leben, ist trotz allem ein Geschenk!

Diesem Kommentar schlossen sich spontan weitere an, die ebenfalls berichteten, was in ihrem Leben nicht gut lief. Einige litten darunter, keine Freunde zu haben. Andere empfanden sich als Schulversager oder nicht schön oder talentiert genug. Doch alle waren sich darin einig, dass ihre Probleme nicht mit denen von Luc zu vergleichen waren und dass Luc ihnen in den vergangenen Wochen beigebracht hatte, die schönen Seiten des Lebens zu sehen. Luc erstaunte es sehr, dass er im Leben so vieler junger Menschen eine Rolle spielte. So viele mochten ihn oder waren ihm dankbar - obwohl er nicht mehr der coole Luc von früher war, oder vielleicht gerade deshalb. Und in diesem Moment fühlte er eine tiefe Verbundenheit zu allen da draußen. Er empfand ein großes Mitgefühl für alle und wünschte sich, sie würden erkennen, wie wertvoll sie waren. Jetzt verstand Luc auch, was ihm Jonas Sommer mit dem Bild des

Zahnrädchens in einem großen Werk sagen wollte. Er war mit allen verbunden und seine Drehung brachte andere Rädchen in Bewegung. Er, Luc, war wichtig, egal ob er gesund oder krank, schön oder hässlich war. *Ihr seid die Besten! Ich liebe euch!* - schrieb er aus seinem Herzen heraus als Nachricht für die anderen. Dann klappte er seinen Laptop herunter und verlor sich in den Augen von Emily, die mit verliebtem Blick neben ihm saß.

Am Montag fuhr Silke Berens Luc ins Krankenhaus. Dort starteten die Ärzte mit seiner Chemotherapie. Luc wusste, was auf ihn zukam. Er hatte bereits zwei Runden hinter sich. Und trotzdem traf es ihn hart.

Es war Luc klar, dass die Chemo-Mixtur, die er intravenös erhielt, eigentlich eine Art Gift war. Sie sollte die wuchernden Krebszellen zerstören. Aber für seine übrigen Körperzellen hatte sie natürlich starke Nachteile und so rebellierte sein Körper stark dagegen. Luc verlor seine Haare, die seit der letzten Chemotherapie bereits wieder stoppelig nachgewachsen waren, spuckte vor Übelkeit, war erschöpft, schwach und zittrig und konnte kaum die Strecke zur Toilette bewältigen. Mit dem Infusionsständer dorthin zu gelangen, war an und für sich schon kompliziert. Denn beim Laufen stieß der Sockel des Ständers immer wieder gegen irgendwelche Möbelstücke und einmal stolperte Luc beinahe über einen der Schläuche.

Im Krankenhaus wurde Luc täglich von seinen Eltern besucht. Sein Vater hielt es dort jedoch nicht besonders lange aus. Nach einer halben Stunde brach er meistens wieder auf und redete sich damit heraus, dass seine Mittagspause nun vorbei sei. Seine Mutter blieb länger. Es störte sie nicht, wenn Luc während ihres Besuchs einschlief. Dann betrachtete sie ihn wehmütig und rief sich all die schönen Momente in Erinnerung, die sie seit Lucs Geburt mit ihm erlebt hatte. Wie schnell aus ihrem kleinen Sohn ein junger Erwachsener geworden war!

Mit Emily schrieb Luc täglich am Handy Nachrichten und ab und zu besuchte sie ihn auch. Dann kuschelte sie sich zu Luc aufs Bett und hielt seine Hand. Einmal brachte sie sogar ihr Cello mit und spielte Luc etwas vor. Luc staunte, er hatte gar nicht gewusst, dass Emily so gut Cello spielte – und dann auch noch so gut! »Ach«, meinte Emily nur, »habe ich dir gar nicht von meinem Cellounterricht erzählt?« Ihre Aussage machte den Anschein, als ob sie herunterspielen wollte, wie wichtig ihr das Cellospielen war. »Nein, du hast vergessen zu erwähnen, dass du eine Profi-Musikerin bist!«, antwortete Luc entrüstet. Da lachte Emily traurig auf und erklärte: »Also von Profi bin ich noch weit entfernt! Das ist ja mein Problem.« »Was ist dein Problem, Emily?«, fragte Luc. »Ich sehe nur ein wunderschönes Mädchen, das fantastisch Cello spielt.« Da überfiel Emily kurz ein schlechtes Gewissen. Sie hatte vergessen, dass ihre Probleme im Vergleich zu Lucs recht klein waren. Schließlich konnte sie ohne Infusionsständer auf die Toilette gehen und nach ihrem halbstündigen Besuch das Krankenhaus wieder frei verlassen. »Um Berufsmusikerin zu werden, muss man richtig, richtig gut sein!«, erklärte Emily. »Das Aufnahmeverfahren an der Musikhochschule ist sehr schwer. Die nehmen dort nur die allerbesten.« »Du gehörst zu den allerbesten!«, behauptete Luc. Er erinnerte sich, wie er mit Jonas Sommer über Musiker gesprochen hatte. »Du spielst wunderschön und voller Leidenschaft! Ich war wie gefesselt von deiner Musik!«, sagte Luc und er meinte es ernst. Er hatte in seinem ganzen Leben kaum etwas so Schönes gehört, wie Emilys Cello-Vorspiel. Dabei hatte er sich bisher überhaupt nicht für klassische Musik interessiert. Lucs Worte ermutigten Emily und sie erzählte ihm, dass sie zweimal pro Woche zum Cellounterricht ging. »Deswegen kommst du immer erst um vier Uhr zu mir zu Besuch?«, dämmerte es Luc. »Ja. Vor vier Uhr übe ich entweder Cello oder gehe zum Cellounterricht«, bestätigte Emily und seufzte. »Aber ich kann nicht Klavier spielen!« »Was hat denn Klavier mit Cello zu tun?« Luc war verwirrt. »Um an der Musikhochschule aufgenommen zu werden, muss man auch noch Klavierspielen können. Nicht auf hohem Niveau, aber einfache Stücke werden verlangt. Klavier ist als Begleitinstrument wichtig.« Das war tatsächlich ein Problem, das leuchtete auch Luc ein. Emily schwieg betrübt. Luc konnte es kaum ertragen, Emily so traurig zu sehen und wollte sie irgendwie trösten. Es musste doch irgendeine Lösung für ihr Problem geben. Und dann durchzuckte Luc die Erkenntnis: Emily sollte sich auf die Lösung, nicht auf das Problem, konzentrieren! »Dann lernst du eben Klavierspielen!«, sagte Luc bestimmt. »Klavierspielen ist schwierig. So schnell lernt man das nicht«, erwiderte Emily. Doch Luc erinnerte sich daran, wie einmal bei einem Familienbesuch seine achtjährige Cousine Klavier gespielt hatte. So schwer konnte es also gar nicht sein, wenn es sogar Kinder lernen konnten. »Statt zweimal zum Cello Unterricht zu gehen, gehst du ab jetzt nur noch einmal in der Woche dorthin und einmal zum Klavierunterricht. Cello spielst du sowieso schon gut genug! Und im Klavierunterricht bringt dir ein Lehrer dann das Klavier spielen bei. In einem Jahr kannst du vielleicht schon ein einfaches Stück spielen.« Emilys Gesicht leuchtete auf. So dumm war Lucs Idee gar nicht. Doch kurz darauf verfinsterte sich ihre Miene bereits wieder. »Dann ist die Aufnahmeprüfung trotzdem noch schwierig und die beruflichen Aussichten als Musiker sind auch nicht gerade berauschend. Reich wird man als Musiker nicht gerade«, gab Emily zu bedenken. »Ist ja deine Entscheidung«, entgegnete Luc nur, »dann machst du eben nach der Schule mal einen öden Bürojob und träumst nur davon, Musikerin zu sein.« »Der öde Bürojob würde mir wenigstens Geld einbringen«, sagte Emily und streckte Luc die Zunge heraus. Luc zuckte mit seinen Schultern. »Du könntest es auch erst einmal mit der Cello-Karriere probieren. Und wenn daraus nichts wird, kannst du immer noch den öden Bürojob machen. Dann hättest du es wenigstens versucht.« Allmählich gingen Emily die Gegenargumente aus. Luc hatte ja recht. Es lag an ihr, sich ihre Wünsche zu verwirklichen. Und falls sie je in finanzielle Nöte geraten oder an der Musikhochschule abgelehnt würde, könnte sie immer noch eine berufliche Alternative finden - Lehrerin oder so etwas. Emily spürte ein warmes Gefühl in ihrem Herzen. Zum ersten Mal erlaubte sie sich, ihren Berufstraum als Musikerin auch zu träumen. Versonnen nahm sie ihren Bogen in die Hand und begann ein weiteres Stück auf dem Cello zu spielen. Aus dem Stück klangen Hoffnung und Freude heraus. Luc war so verzückt von der Musik, dass er Emily darum bat, ab jetzt immer ihr Cello ins Krankenhaus mitzubringen

Als Emily später nach Hause kam, informierte sie sich tatsächlich über Möglichkeiten, einen Klavierunterricht zu erhalten.

Am Wochenende kam Jonas Sommer zu Besuch ins Krankenhaus. Luc schlief gerade, als er das Zimmer betrat. Aber Lucs Mutter saß auf einem Stuhl und schaute aus dem Fenster. Überrascht blickte sie auf, mit Jonas Sommer hatte sie nicht gerechnet. »Na, wie geht es dem Patienten?«, erkundete er sich bei ihr. »Er hat zu kämpfen«, seufzte sie. »Jetzt hat er schon fast eine ganze Woche geschafft«, ermutigte Jonas Sommer. »Ja, aber er ist zu schwach, um jetzt einen Unterricht mit Ihnen abzuhalten«, erklärte Silke Berens. »Oh, ich mache nur einen Krankenbesuch«, erwiderte Jonas Sommer mit sanftem Blick auf Luc. Er hatte den Jugendlichen in den letzten Wochen in sein Herz geschlossen. Und auch das Unterrichtsprojekt und das, was daraus entstanden war, begeisterte ihn. Deswegen hatte er auch diese Woche Henry Berens angerufen und ihm erklärt, dass er ab sofort kein Geld mehr von ihm annehmen würde. »Wie wäre es, wenn ich mich ein Weilchen zu Luc setze und Sie schnappen draußen ein bisschen frische Luft?«, schlug Jonas Sommer vor. Silke Berens Blick wanderte sehnsüchtig durch das Fenster hinaus. »Meinen Sie wirklich? Haben Sie denn so viel Zeit?« »Deswegen bin ich extra am Wochenende gekommen«, sagte Jonas Sommer. »Ich habe heute keine Beratungstermine und kann eine Weile bei Luc bleiben. Außerdem ist es am Wochenende im Krankenhaus sowieso sehr langweilig. Da ist Wochenenddienst und es gibt kaum

Untersuchungen oder Anwendungen. Wenn Luc aufwacht, wird er sich bestimmt über ein bisschen Abwechslung freuen!« Silke Berens nickte und sah Jonas Sommer dankbar an. Dann zog sie ihre Jacke an und schlüpfte aus dem Zimmer.

Jonas Sommer setzte sich auf den Stuhl, auf dem gerade noch Silke Berens gesessen hatte. Nach einer Viertelstunde wurde Luc wach. Er freute sich über den Überraschungsgast. »Wie geht es dir?«, fragte Jonas Sommer. »Die meiste Zeit fühle ich mich hundsmisserabel und elendig. Manchmal fühlt es sich so an, als ob mein ganzer Körper brennt. Und dann ist mir noch permanent übel«, antwortete Luc ehrlich. Er hatte Tränen in den Augen. Luc litt wirklich. Gegenüber seinen Eltern oder Emily gab er das nicht so direkt zu. Doch Jonas Sommer konnte die Wahrheit verkraften, das wusste Luc. Jonas Sommer konnte Lucs Leiden aushalten.

Statt zu antworten, nickte Jonas Sommer Luc zu. In dieser kleinen Geste lag eine Menge Empathie. »Brauchst du irgendwas?«, fragte er schließlich. »Ein Schluck Wasser«, bat Luc. Jonas Sommer nahm eine kleine Wasserflasche von Lucs Nachttisch und drehte den Deckel auf. Dann reichte er sie Luc, der daraus einen kleinen Schluck trank. »Hast du mal mit deiner Mutter über deine Geburt gesprochen?«, fragte Jonas Sommer. »Äh, nö«, stammelte Luc, dem spontan keine Erzählung über seine Geburt einfiel. »Warum?« »Weil Frauen eine Menge Schmerzen während der Geburt aushalten müssen«, erklärte Jonas Sommer. »Ein Baby fällt nicht einfach so aus der Mutter heraus, sondern wird durch Anstrengung und Schmerz geboren. Die Wehen drücken das Baby nach unten und öffnen den Geburtskanal.« »Aha«, meinte Luc nur, dem nicht klar war, weshalb ihm Jonas Sommer das erzählte. »Diese Schmerzen können die Frauen besser aushalten, wenn sie während der Wehen bewusst ein- und ausatmen. Ihre Atmung trägt sie durch die Geburtswehen hindurch. Die Hebammen fordern die Frauen während der Geburt immer wieder auf, zu atmen.« »Hast du ein Baby?«, fragte Luc. Jonas Sommers Schilderung klang so, als ob er selbst einmal eine Geburt miterlebt hatte. »Nein«, antwortete dieser lachend, »ich habe keine Frau oder Freundin und deshalb auch keine Kinder.« »Willst du denn Kinder haben?«, fragte Luc nach. »Ja klar, eines Tages will ich schon mal Kinder haben«, gab Jonas Sommer zu. »Aber eigentlich will ich mit dieser Geschichte auf etwas ganz anderes hinaus. Nämlich, dass dir deine Atmung helfen kann, deine Schmerzen auszuhalten. Wenn dein Körper das nächste Mal wieder brennt, dann versuche einmal bewusst ein- und auszuatmen.« »Das soll helfen?«, fragte Luc nach, der das nicht so recht glauben konnte. »Ja, du lenkst deine Konzentration um: Von denm Schmerzen auf die Atmung. Dadurch geht der Schmerz zwar nicht weg, aber deine Atmung trägt dich durch den Schmerz hindurch«, erklärte Jonas Sommer. »Hast du mal ein Foto oder einen Film von indischen Yogis gesehen?« »So Verrückte, die stundenlang auf dem Kopf stehen oder über Nagelbretter laufen?« »Ja. Manche Yogis können ihren Körper stundenlang in verrenkten Positionen ruhen lassen. Diese Verrenkung können sie halten, weil sie sich ganz auf ihre Atmung konzentrieren.« »Vielleicht ist an der Atmungsgeschichte ja wirklich etwas dran«, dachte Luc und beschloss später im Internet nach Yogis zu recherchieren. »Du kannst es einfach mal ausprobieren«, ermutigte ihn Jonas Sommer. »Sowie bei der Meditation, die wir das letzte Mal zusammen gemacht haben.« »Oje, die Meditation«, dachte Luc nur und wechselte lieber das Thema. »Und warum hast du keine Freundin?« »Weil…«, Jonas Sommer dachte nach. Er hielt Liebesbeziehungen für schwierig. Als Kind hatte er miterlebt, wie sich seine Eltern ständig stritten. Außerdem hatte sein Vater seine Mutter betrogen. Und jetzt hatte er schlichtweg Angst davor, selbst einmal ein schlechter Partner zu sein. Außerdem hatten auch viele seiner Klienten Beziehungsprobleme. Liebesbeziehungen erschienen ihm insgesamt eher schwierig und kompliziert zu sein. Deshalb war er Beziehungen mit Frauen bisher auch lieber ausgewichen. Er hatte sich mit seiner negativen Einstellung darüber auch noch nicht auseinandergesetzt. Denn die Probleme von anderen zu lösen, war für ihn viel einfacher, als seine eigenen zu lösen. »Weil ich bisher noch keiner passenden Frau begegnet bin«, beendete er seinen Satz. »Dann fang doch mal zu suchen an«, riet Luc. »Also so einfach ist das nun auch wieder nicht!«, gab Jonas Sommer zurück. Da lachte Luc nur und meinte: »Wenn es sogar mir gelungen ist, eine Freundin von zu Hause aus zu finden, dann wird es für dich doch noch viel leichter sein. Denn du kannst jeden Tag ausgehen und Frauen kennenlernen.« Da musste Jonas Sommer Luc zustimmen. »Ohne Frau wird das mit den Kindern jedenfalls nicht klappen«, stellte Luc weiter fest. »Da hast du wohl Recht«, schmunzelte Jonas Sommer. Vielleicht war es für ihn wirklich an der Zeit, sich eine Frau zu suchen. Er könnte sich zumindest einmal probeweise auf eine Beziehung einlassen. »Das kostet übrigens 50 Euro«, forderte Luc plötzlich. »Was kostet 50 Euro?«, fragte Jonas Sommer verdutzt. »Na, meine Beratung«, antwortete Luc, »dank deren Hilfe du jetzt dazu fähig bist, deine inneren Hindernisse zu überwinden und bald zu einer Frau kommen wirst!« Daraufhin mussten beide schallend lachend.

Als Silke Berens von ihrem Spaziergang zurückkam, traf sie auf einen äußerst vergnügten Jonas Sommer und einen fröhlichen Luc. Jonas Sommer verabschiedete sich von Luc und überließ wieder Silke Berens den Stuhl. Als er aus dem Zimmer heraustrat, hörte er noch, wie Luc seine Mutter aufforderte: »Mama, erzähl mir von meiner Geburt!« Und Silke Berens folgte überrascht seiner Aufforderung. Sie begann von ihrer Vorfreude und Aufregung über die bevorstehende Geburt zu sprechen und erzählte, wie plötzlich die Fruchtblase platze und Lucs Vater sie ins Krankenhaus fuhr und dabei jedes Tempolimit brach.

Die Tage im Krankenhaus verstrichen im wiederkehrenden Rhythmus. Morgens wurde Luc von einer Krankenschwester geweckt und dann begann das Warten auf die ärztliche Visite. Nachmittags kam Besuch. Zuerst Lucs Vater, der die Mittagspause bei ihm verbrachte, dann seine Mutter und jeden zweiten Tag Emily. Mit Emily hatte er über indische Yoga- Gurus gesprochen und sie hatten sich gemeinsam im Internet Bilder und Video Clips bei Youtube angeschaut. Die meisten Videos zeigten eher langweilige Körperübungen, wie sie jeder Mensch machen kann. Doch ein paar außergewöhnliche Verrenkungen waren auch darunter gewesen.

Bei ihrem nächsten Besuch brachte Emily eine kleine Buddha-Figur mit, also einen dicken, goldenen Mann, der mit geschlossenen Augen im Schneidersitz saß und dabei sehr entspannt wirkte. »Die habe ich bei mir zu Hause gefunden«, erklärte Emily und zeigte Luc den Buddha. »Irgendwie musste ich bei der Figur an dich denken, weil wir das letzte Mal so viele Yoga- Videos gesehen haben. Und da saßen die meisten auch so im Schneidersitz da.« Emily zuckte leicht verlegen mit den Schultern. »Ich dachte, du würdest dich vielleicht darüber freuen.« Luc freute sich über alles, was von Emily kam. »Klar, her damit!«, antwortete Luc und nahm Emily die Figur aus der Hand und stellte sie auf seinen Nachttisch. »Dann habe ich ab jetzt immer ein bisschen Gesellschaft hier!« Emily lachte und Luc grübelte laut: »Dann brauchst du jetzt im Gegenzug auch ein Geschenk von mir.« »Nein!«, wehrte Emily ab. »Ich habe die Statue schließlich nicht gekauft. Sie ist nur alter Plunder, der nutzlos bei uns zu Hause herum lag. Und sie ist mir zufällig ins Auge gefallen.« Trotzdem ließ Luc der Gedanke, Emily etwas zu schenken, nicht mehr los.

So verrannen die Tage im Krankenhaus und Luc döste die meiste Zeit vor sich hin. Ab und zu verschlief er seine Besucher sogar. Währenddessen rann die Chemo-Mixtur unaufhörlich aus dem Tropf in seine Venen. Einmal spürte Luc wieder den unerträglichen Schmerz, der sich anfühlte, als würde sein Körper von innen heraus verbrennen. Auf einer Schmerzskala von 1 bis 10, lag dieses Brennen bei 10! Verzweifelt klingelte er mit der Glocke die Schwester, die kurz darauf ins Zimmer trat und ihm eine zusätzliche Dosis

Schmerzmittel versprach. Das Schmerzmittel musste sie jedoch erst einmal holen und injizieren. Luc wusste nicht, wie er die Zwischenzeit überstehen sollte. Alles in ihm brannte! Da fiel Lucs Bblick auf die kleine Buddha Figur auf seinem Nachttisch. Dabei ordneten sich seine Gedanken zu einem Wort - *atmen* - und er erinnerte sich an Jonas Sommers Aussage: *Der Atem trägt durch den Schmerz hindurch.* Aus der Unerträglichkeit des Schmerzes heraus begann Luc tief ein- und auszuatmen. Die Konzentration auf die Atmung gelang Luc dieses Mal besser als bei der gemeinsamen Meditation mit Jonas Sommer im Wohnzimmer der Berens. Denn sobald er sich nicht mehr auf seine Atmung fokussierte, wurde der Schmerz überwältigend stark. Das Atmen beseitigte den Schmerz natürlich nicht, aber es lenkte davon ab. Wenn sich Luc hingegen ganz dem Schmerz hingab, nahm dieser noch weiter zu und steigerte sich ins Unerträgliche hinein. So lag Luc in seinem Krankenbett und versuchte unter größter Anstrengung, mit Blick auf den Buddha, tief ein- und auszuatmen. Und irgendwann war auch dieser Moment vorbei und das injizierte Schmerzmittel entfaltete seine Wirkung. Seufzend sank Luc in einen tiefen Schlaf. Als er wieder aufwachte, fühlte er sich besser.

Auch am nächsten Wochenende kam Jonas Sommer wieder vorbei. Luc war wach, als er ins Zimmer trat. »Na, bist du schon fündig geworden?«, fragte Luc zur Begrüßung. »Du meinst, ob ich schon eine Frau gefunden habe?«, fragte Jonas Sommer nach. »Genau«, bestätigte Luc. Doch Jonas Sommer verdrehte nur die Augen und grunzte, statt zu antworten. »Erzähl du mir lieber mal von dir und Emily!«, forderte Jonas Sommer Luc auf und stellte fest: »Scheint ja ganz gut zu laufen zwischen euch!« Luc errötete. Bisher hatte ihn noch niemand auf sein und Emilys Verschwinden am Staufenberg angesprochen. Auch hatte er niemandem verraten, dass sich sein heimlicher Wunsch erfüllt hatte und Sex wirklich so schön war, wie er es sich ausgemalt hatte. »Emily ist toll!«, schwärmte Luc. Dann fiel ihm wieder ein, dass er Emily etwas schenken wollte. »Ich will ihr ein Geschenk machen«, sagte er, »damit sie sich immer an mich erinnern wird.« »Emily wird dich niemals vergessen! Dafür brauchst du ihr keine Erinnerungshilfe zu schenken«, meinte Jonas Sommer. »Aber ich möchte ihr damit auch zeigen, dass ich sie liebe.« »Das könntest du ihr doch einfach sagen. Ich glaube, Liebe kann man nicht beweisen. Entweder fühlt man sie oder eben nicht«, antwortete Jonas Sommer schlicht. Aber Luc ließ sich seine Idee nicht ausreden. »Über was für Geschenke freuen sich Frauen denn?«, fragte er. »Blumen, Schmuck, einen selbstgebackenen Kuchen«, zählte Jonas Sommer auf, »ich glaube, Emily würde sich über alles von dir freuen.« »Wie wäre es mit einer Kette mit einem Herzanhänger?«, überlegte Luc laut. »Die Kette könnte sie jeden Tag tragen.« »Und soll Emily die Kette auch noch tragen, wenn sie vierzig ist?«, fragte Jonas Sommer nach. »Ja«, wollte Luc schon antworten, doch dann kam ihm diese Antwort kindisch vor. »Ein Schmuckstück wandert irgendwann in ein Schmuckkästchen oder in eine Schublade und wird dann dort vergessen«, überlegte Jonas Sommer. »Du könntest ihr doch einfach Blumen oder einen kleinen Baum schenken.« »Einen Baum!«, rief Luc begeistert aus. »Der wächst immer weiter und verschwindet auf keinen Fall in einer Schublade!« »Und Emily muss ihn auch nicht um den Hals tragen und er ist trotzdem zu sehen.« »Und irgendwann wachsen Früchte an dem Baum«, spannten Luc und Jonas Sommer die Idee weiter. »Ja, wenn du einen Obstbaum kaufst, dann wachsen irgendwann Früchte.« »Dann kaufe ich einen Apfelbaum«, sagte Luc. »Dann kann Emily sogar Äpfel von dem Baum essen.« »Ich kenne eine Baumschule, dort gibt es jede Menge Apfelbäume«, sagte Jonas Sommer und musterte Luc kurz. »Soll ich dir dort einen Baum kaufen oder möchtest du selber zur Baumschule gehen?« Luc dachte einen kurzen Moment nach. Dabei musste er sich eingestehen, dass er viel zu schwach für Ausflüge war und dass es wohl eine Weile bräuchte, bis er zum Baumkauf wieder kräftig genug wäre. Aber er wollte den Baum Emily am liebsten sofort schenken. Deshalb nahm er Jonas Sommers Angebot an: »Bitte kauf du mir einen Baum. Ich möchte ihn Emily schenken, sobald ich wieder zu Hause bin.« »Und was hättest du gerne für eine Apfelsorte?«, fragte Jonas Sommer. »Sorte?«, fragte sich Luc. Er kannte nur die Sorte *roter* oder *grüner* Apfel. »Rote Äpfel«, antwortete er. »Es gibt verschiedene rote Äpfel. Zum Beispiel Jonagold, Idared oder Elstar«, erklärte Jonas Sommer. Doch Luc zuckte nur mit den Schultern und sagte: »Einer, der gut schmeckt!« »Okay, wird besorgt!«, bestätigte Jonas Sommer abschließend.

Nachdem drei Wochen vorbei waren, wurde Luc wieder aus dem Krankenhaus entlassen. Zuhause schaffte er es, wieder etwas länger wach zu bleiben, er musste sich nicht ständig übergeben und begann erneut damit, Einträge auf seinen Seiten zu verfassen und Fotos zu posten. Zu allererst schrieb er ins Netz, dass er wieder daheim sei. Dann fotografierte er seinen kleinen Buddha und schrieb unter das Foto: *Der kleine Buddha hat mir ein Geheimnis verraten.* Die kleine Statue war ihm tatsächlich ans Herz gewachsen. Auch zu Hause stand sie nun auf seinem Nachttisch. Seine Followers wollten natürlich sofort wissen, was für ein Geheimnis der Buddha Luc verraten hatte. Luc zögerte die Antwort noch eine Weile heraus und schrieb dann: *Zu atmen.* Mehr erklärte er nicht. Die Bedeutung würden die anderen irgendwann alleine herausfinden müssen.

Eine stille Freude erfüllte Luc, wieder zu Hause zu sein und sein Projekt erneut aufleben zu lassen. Allerdings setzten nun auch seine Kopfschmerzen wieder ein. Unter der starken Schmerzmedikation und der permanenten Übelkeit im Krankenhaus, hatte sie Luc kaum mehr wahrgenommen. Aber sie waren nicht vergangen. Auch war er immer noch recht schwach auf den Beinen. Durch das viele Liegen im Krankenhaus hatten seine Muskeln stark abgebaut.

Am Ende der Woche war er nichtsdestotrotz wieder soweit stabil, dass Jonas Sommer zum Unterricht kommen konnte. Und er brachte einen kleinen Apfelbaum mit, den er in Lucs Garten stellte. Freudig betrachtete Luc den Baum, der in einem großen Plastiktopf steckte. »Super Baum! Der wird Emily gefallen.«, rief er spontan aus. »Nun müsst ihr ihn nur noch einpflanzen«, sagte Jonas Sommer. »Wo soll er denn stehen?« »Bei Emily im Garten«, bestimmte Luc, »sonst sieht sie ihn ja gar nicht!« »Soll ich ihn zu Emily fahren?«, bot Jonas Sommer an. »Ja«, nahm Luc das erneute Angebot an, »mit mir zusammen, damit ich ihn Emily selbst schenken kann. Ich habe ihr noch nichts von dem Baum verraten. Er ist eine Überraschung.« Dann berieten sich die beiden, wann sie den Baum zu Emily fahren würden. Luc wollte es gleich am Wochenende tun. Vorfreude über diese Überraschung erfüllte ihn und so konnte er es kaum abwarten, Emily den Baum zu übergeben. »Bist du denn dafür schon fit genug?«, fragte Jonas Sommer und schielte zu Luc hinüber. Seit der Chemotherapie im Krankenhaus war Luc noch ausgemergelter. »Ja klar!«, sagte Luc überzeugt. Jonas Sommer zuckte nur unwillkürlich mit den Schultern und behielt für sich, dass man zum Baumeinpflanzen ein tiefes Loch graben musste. Stattdessen notierte er sich in Gedanken, dass er für die Aktion noch einen Spaten auftreiben musste. Vielleicht hatten ja die Berens einen in ihrem Gartenschuppen stehen.

Die beiden gingen wieder zurück ins Haus. Dort musste sich Luc kurz auf dem Sofa ausruhen, bevor er mit Jonas Sommer den Unterricht starten konnte. Jonas Sommer nutze die Zeit, um sich in der Küche eine Tasse Kaffee zuzubereiten. Mit der Kaffeetasse in der Hand schlenderte er zurück ins Wohnzimmer. »Du kannst einfach liegen bleiben«, schlug Jonas Sommer vor. »Mich stört das nicht.« »Aber mich«, wandte Luc ein, »da gucken doch meine Freunde zu, bei unserem Unterricht! Deshalb muss ich sitzen.« »Du musst gar nichts, Luc!«, rief ihm Jonas Sommer ins Gedächtnis. »Du musst auch unseren Unterricht nicht filmen. Wir könnten auch einfach ein bisschen über das Wetter plaudern.« »Meine Freunde warten aber alle schon sehnsüchtig auf ein weiteres Video. Schon seit vier Wochen, um genau zu sein!« »Dann werden sie wohl nicht entsetzt das Video ausschalten, wenn du liegst, anstatt wie gewohnt auf dem Sofa sitzt!« Statt zu antworten, setzte sich Luc auf. »Es geht schon wieder, siehst du!«, behauptete er. Jonas Sommer sah ihn nur stumm an. »Und wenn ich mich wieder schwächer fühle, kann ich mich immer noch hinlegen.« »Na gut«, lenkte Jonas Sommer ein, »dann schalte ich jetzt die Kamera ein. Bitte begrüße unsere virtuellen Zuschauer.« Jonas Sommer ging zur Kamera hinüber und tippte auf den On-Knopf. Er nickte Luc zu, als Zeichen, dass die Filmaufnahme startete.

»Hey Leute«, begann Luc in die Kamera zu sprechen, »ich bin wieder aus dem Krankenhaus zurück und heute ist Jonas Sommer gekommen, um mit mir eine besondere Unterrichtsstunde abzuhalten.« »Bevor wir wieder über das Leben und das Sterben sprechen, möchte ich dich noch fragen, Luc, wie es dir geht und wie es dir im Krankenhaus ergangen ist. Deine Freunde interessiert das sicherlich«, sagte Jonas Sommer. Luc schwieg für einen Moment. »Die Chemotherapie war sehr hart«, antwortete Luc ehrlich. »Ich bin einfach froh, wieder zu Hause zu sein. Und ich hoffe, dass die Chemo etwas gebracht hat. Dass sie mir noch mehr Zeit verschafft hat.« Tränen stiegen in Lucs Augen. Leise murmelte er: »Eigentlich habe ich erst in den letzten Wochen begriffen, wie schön das Leben wirklich ist.« Es folgte ein kurzes Schweigen. Jonas Sommer war zu ergriffen, um etwas zu sagen. Stattdessen tastete er nach einem Päckchen Taschentücher in seiner Hosentasche und reichte Luc eines daraus. Luc schnäuzte sich und hatte sich kurz darauf wieder im Griff. Er sagte zu Jonas Sommer: »Jetzt bist aber du dran, mit dem versprochenen Unterricht!«

Jonas Sommer räusperte sich kurz und legte dann los: »Wir haben, bevor du ins Krankenhaus gegangen bist, über die Spielregeln des Lebens gesprochen. Diese Spielregeln zeigten uns, wie wir Menschen so ticken mit unseren Gedanken und Gefühlen und wie unser Leben mit uns selbst in Resonanz tritt.

In unserer Gesellschaft haben wir für alles Mögliche Kurse und Unterrichtsstunden. So machen Kinder erst einen Schwimmkurs, bevor sie alleine schwimmen dürfen, Jugendliche nehmen Fahrstunden, bevor sie selbst Autofahren und werdende Eltern besuchen einen Geburtsvorbereitungskurs. Aber wie eigentlich die menschliche Natur funktioniert, erklärt uns keiner. Wir wursteln uns irgendwie durch unser Leben und versuchen dabei, glücklich zu werden. Dabei wäre es wirklich toll, wenn wir bereits in der Schule lernen würden, wie unser Gehirn und unser Körper eigentlich funktioniert und wie wir uns ein glückliches Leben erschaffen können.« Luc nickte zustimmend. So ein Unterricht wäre zumindest allemal interessanter als Geschichte oder Geografie.

»Als ich so alt war wie du, Luc, habe ich versucht, mich glücklich zu kaufen. Ich bin so einer Art Kaufsucht verfallen. Ich war fast jeden Tag in der Stadt zum Shoppen«, erzählte Jonas Sommer und unterbrach sich kurz. »Ich weiß, das ist eigentlich eher ein Mädchen-Ding. Aber irgendwie bin ich dieser Mode-Geschichte auch aufgesessen.« Luc musterte Jonas Sommer heimlich. Tatsächlich war er sehr sorgfältig gekleidet und trug auch als Mann Accessoires wie Lederarmbänder und Armbanduhren. Das war ihm zwar schon früher aufgefallen, aber er hatte es nicht weiter beachtet. »Die Industrie ist natürlich nicht dumm und ändert ständig die Mode, damit sie immer weitere Kleidungsstücke verkaufen kann. Egal wie viele Klamotten ich also bereits gekauft hatte – es gab immer wieder neue und scheinbar tollere Sachen. Nach meinen Shoppingtouren lag ich abends im Bett und musste an die ganzen T-Shirts, Schuhe und Mützen denken, die ich tagsüber gesehen hatte. Und obwohl ich mir erst am selben Tag etwas Neues zum Anziehen gekauft hatte, fiel mir abends stets noch irgendein Teil ein, dass ich noch nicht hatte, aber noch unbedingt bräuchte. Am nächsten Tag musste ich dann wie unter Zwang losziehen, um mir nur noch dieses eine Teil zu kaufen. Ich war wirklich überzeugt, dass ich nur noch dieses eine Teil bräuchte, um vollkommen glücklich zu werden. Es würde mein allerletztes Teil sein! Und was glaubst du, was ich am nächsten Tag gemacht habe?«, fragte Jonas Sommer Luc. »Noch ein allerletztes Teil gekauft?«, antwortete Luc fragend. »Ja«, bestätigte Jonas Sommer, »es gab sehr viele allerletzte Teile.« »Und wie bist du am Ende aus dieser ganzen Geschichte ausgestiegen?«, fragte Luc neugierig nach. »Eigentlich erst durch einen Schicksalsschlag. Ich glaube, ich habe das bereits einmal erwähnt. Mit achtzehn Jahren habe ich als Führerscheinneuling einen schweren Motorradunfall gebaut. Es war Herbst und die Straße war nass und mit Laub bedeckt. Ich bin zu schnell in eine Kurve gefahren und mit meinem Motorrad abgerutscht. Dabei ist das Rad mit voller Wucht auf mir gelandet und hat meine Beine zertrümmert. Ich bin mit einem Hubschrauber in eine Uni-Klinik geflogen worden, wo in einer aufwendigen Operation meine zersplitterten Knochen wieder zusammengesetzt wurden. Doch laufen konnte ich eine sehr lange Zeit nicht mehr. Das musste ich nach einem halben Jahr erst wieder mühsam in einer Rehaklinik lernen. Während meine Freunde auf Partys gingen, saß ich nach dem Unfall im Krankenhaus fest und musste in einen Nachttopf pinkeln. Du kannst dir sicherlich gut vorstellen, dass ich mein Leben gehasst habe und auf alle anderen neidisch war. Ich war sauer, dass sie gesund waren und ich im Krankenhaus festsaß. Jetzt im Nachhinein bin ich froh über diese schicksalhafte Wendung, denn ich habe in dieser Zeit viel gelernt.

In der Rehaklinik bin ich einem besonderen, etwas älteren Krankenpfleger begegnet. Die meisten Krankenpfleger und -schwestern haben mich bemuttert und bemitleidet. Aber dieser eine hat mich gänzlich frei von Mitleid angeschaut und folgende Worte gesagt: *Entweder bleibst du in deinem Elend sitzen, oder du stehst auf und lernst wieder zu laufen!* Und das habe ich dann auch gemacht. Und ich habe nicht nur das Laufen wieder gelernt, sondern auch zu träumen und zu leben. Von diesem Tag an habe ich jeden Tag mit diesem Krankenpfleger gearbeitet und geredet. Während wir meine Beine wieder trainiert haben, hat er mir nebenbei all das beigebracht, was ich dir in unseren bisherigen Unterrichtsstunden auch erzählt habe. Außerdem hat er mir viele Bücher zu lesen gegeben. Das waren beispielsweise Bücher über Psychologie oder Ernährung, aber auch religiöse und philosophische Schriften.« »Und danach bist du Lebensberater geworden?«, fragte Luc. »Nein. Zuerst habe ich die Hälfte meiner Klamotten an einen Second Hand Laden von Caritas gebracht. An vielen Kleidungsstücken hingen sogar noch die Etiketten! Im Krankenhaus war ich ein halbes Jahr lang nur mit einer einzigen Sporttasche voller Kleidungsstücke ausgekommen. Deshalb konnte ich endlich zweifelsfrei feststellen, dass mich keines meiner unzähligen geshoppten Kleidungsstücke glücklicher gemacht hatte und sie auch völlig unnötig waren! Alles, was ich mir jemals gekauft hatte, hat mich nicht befriedigt.

Viele Menschen folgen dem Drang, sich in ihrem Leben Sachen anzuhäufen. Und irgendwann erreichen sie dann den Punkt, an dem sie erkennen, dass Materielles nicht glücklich macht. Denn Glück ist nichts, was durch äußere Umstände entsteht! Glück ist....«, Jonas Sommer ließ den Satz unvollendet und schaute Luc erwartungsvoll an. Der hüstelte verlegen. »Glück ist...«, wiederholte Luc und sagte schließlich, »ein Eis mit meiner Freundin zu essen.« »Ja«, bestätigte Jonas Sommer lachend, »Glück ist ein Eis zu essen oder gemütlich in der Sonne zu sitzen und sich pudelwohl zu fühlen - und so weiter. Da hat jeder ein ganz individuelles Glücksrezept, das in seinem Inneren entsteht. Allgemein lässt sich nur sagen, dass wir uns hinter der Oberfläche unseres Seins, nach Tiefgang, nach echter Verbindung und Liebe sehnen. Und so gehen wir durch unser Leben und sammeln unterschiedliche Lebenserfahrungen an und wachsen daran. Bis wir irgendwann zur bedingungslosen Liebe und grenzenlosem Mitgefühl fähig sind.« Jonas Sommer verstummte und Luc dachte über seine letzten Worte nach. Er war sich nicht so sicher, ob er bedingungslose Liebe und Mitgefühl wirklich als so erstrebenswert fand. Aber er hatte ja auch noch nicht allzu viel Lebenserfahrung gesammelt und kommentierte die Aussage deshalb nicht weiter.

Schließlich fiel ihm doch noch ein Gegenargument ein: »Aber ohne Geld geht es auch nicht.« Diesen Satz hatte er öfters seinen Vater sagen hören. »Das stimmt. Wer in ständiger finanzieller Sorge lebt, kann sich natürlich nicht so gut auf sein inneres Glück konzentrieren. Ohne Geld kommen wir also auch nicht aus. Und schöne Kleidung kann auch unser Wohlgefühl erhöhen. Aber wenn meine finanzielle Situation gesichert ist, kann ich schon einmal darüber nachdenken, wie viele T-Shirts ich wirklich brauche und ob mich ein weiteres, neues T-Shirt wirklich glücklich macht - oder ob ich mich vielmehr nach etwas anderem sehne.« Jonas Sommer machte eine kurze Pause. »Dazu fällt mir folgende Geschichte ein: Ein Mann saß auf einer Parkbank in der Sonne und beobachtete einen jungen Mann, der im Stehen hastig sein Mittagessen verschlang. Er fragte den jungen Mann, ob er sich zu ihm auf die Bank setzen wolle. Doch der junge Mann verneinte, denn er müsse so schnell wie möglich zur Arbeit zurück. *Warum müssen Sie zur Arbeit?* fragte der andere Mann. *Na, um Geld zu verdienen. Ich will mir ein Haus kaufen,* antwortete der junge Mann. *Und wenn Sie sich das Haus gekauft haben, müssen sie dann immer noch so viel arbeiten?* fragte der andere Mann weiter. Und der junge Mann bestätigte das. Denn dann bräuchte er ja auch noch viel Geld, um in den Urlaub zu fahren. Und auf die Frage, was der junge Mann im Urlaub täte, antwortete dieser: *In der Sonne sitzen und nichts tun* – also so, wie es der andere Mann gerade auf der Parkbank tat.«

Die Geschichte brachte Luc zum Schmunzeln, denn sie zeigte, wie absurd sich Erwachsene manchmal verhielten. Dann änderte Luc das Thema. Er wollte noch mehr über Jonas Sommers Leben erfahren. »Und wie bist du schließlich Lebensberater geworden?«, fragte Luc. »Nach dem Krankenhausaufenthalt habe ich mein Abitur gemacht und danach Erwachsenenbildung studiert. Ich wollte so etwas wie dieser alte, besondere Krankenpfleger werden. Wenn ich ihm nicht begegnet wäre, würde ich vielleicht heute noch in der Kaufsucht festhängen.« »Dann kann man Lebensberater also studieren?«, fragte Luc nach. »Man kann sich dazu ausbilden lassen oder ein Studienfach in diese Richtung wählen. Ich habe nach dem Studium aber zuerst noch ein paar Jahre als Personaltrainer in einer großen Firma gearbeitet. Da habe ich zum Beispiel Meditationskurse mit den Mitarbeitern durchgeführt«, erzählte Jonas Sommer. »Meditieren! Die armen Mitarbeiter!«, entfuhr es Luc. Doch Jonas Sommer lachte nur und behauptete, dass es den Mitarbeitern gefallen hätte. »Und nachdem ich etwas Geld angespart hatte, habe ich mich schließlich als Lebensberater mit eigener Praxis selbstständig gemacht und bin bis heute dabeigeblieben«, beendete Jonas Sommer seine Geschichte. »Und ich stelle immer wieder fest, dass mich nicht T-Shirts einkaufen glücklich macht, sondern anderen als Coach zu helfen. Ich liebe diesen Moment, wenn es bei einem meiner Klienten plötzlich *klick* macht und ihnen eine Lösung für ihr Problem einfällt.« »Dann hilfst du Menschen dabei, ihre Probleme zu lösen?«, fragte Luc. »Ja und ihre Träume zu verwirklichen. Ich räume, wie bereits gesagt, mit meinen Klienten Hindernisse aus dem Weg, die sie daran hindern, den Weg ihrer Träume zu gehen. Oftmals ist das eine Angst oder ein Kontrollbedürfnis.« Dann holte Jonas Sommer weiter aus und erzählte Luc noch mehr von seinem Beruf. Doch Luc konnte sich nicht länger auf seine Worte konzentrieren. Seine Kopfschmerzen nahmen wieder zu und er war zu sehr damit beschäftigt, sich aufrecht sitzend zu halten. Gerade als er darüber nachdachte, eine weitere Schmerztablette einzunehmen, rief Jonas Sommer plötzlich: »Luc!« »Wie, was?«, entfuhr es Luc. »Sollen wir für heute Schluss machen?«, fragte Jonas Sommer zum wiederholten Male. »Ja«, antwortete Luc gähnend. Das lange Zuhören hatte ihn erschöpft. Jonas Sommer sprach noch ein paar Abschiedsworte in die Kamera und schaltete sie danach aus. Sobald sie abgeschaltet war, legte sich Luc wieder hin. »Wann bringen wir Emily den Baum vorbei?«, wollte Luc noch wissen, bevor Jonas Sommer ging. »Du kannst mich einfach anrufen, wenn du dich für das Baumeinpflanzen bereit fühlst. Dann kann ich in den nächsten Tagen einmal nach

Feierabend vorbeikommen und dich und den Baum abholen.« Luc nickte dankbar und schloss seine Augen.

Die Mattigkeit und die Kopfschmerzen verflogen auch in den nächsten Tagen nicht. Luc bemühte sich, jeden Tag zum gemeinsamen Essen ins Wohnzimmer zu kommen und einmal täglich in den Garten zu gehen, meistens mit Emily zusammen. Doch zu Kräften kam er nicht wieder. Einmal sagte er sogar ein Treffen mit Emily ab, weil ihm an diesem Tag sehr schwindelig war. Auch verfolgte er seine Kommentare auf seinen Internetseiten nicht mehr. Das Video der letzten Stunde hatte er natürlich wieder hochgeladen, das war ihm weiterhin wichtig. Er wollte den anderen da draußen gerne etwas mitgeben. Aber ihre Reaktionen darauf interessierten ihn nicht mehr. Er war zu sehr damit beschäftigt, sein körperliches Unwohlsein auszuhalten. Sich auf seine Atmung zu konzentrieren half ihm, wie auch die Schmerzmittel, die er aus dem Krankenhaus mitgebracht hatte. Dort ging er von nun an jeden dritten Tag zur Kontrolle hin.

Bei den Kontrollterminen bereiteten die Ärzte ihn und seine Mutter darauf vor, dass Luc zurück ins Krankenhaus müsse, wenn sich sein Zustand verschlechtere. Entrüstet fragte Silke Berens nach, ob die Chemotherapie denn dieses Mal überhaupt nicht geholfen hätte. Doch die Ärzte zeigten Röntgenbilder von Lucs Tumor und erklärten ihnen in Ruhe, dass die Chemotherapie das Wachstum von Lucs Tumor ausgebremst habe, denn dieser sei seither nur geringfügig weitergewachsen. Seit Lucs Hirnoperation vor einem halben Jahr habe der Tumor zwischenzeitlich jedoch wieder seine Ausgangsgröße erreicht und drücke auf Lucs Hirnzellen, was sein körperliches Unwohlsein erzeuge. »Der Tumor kann jeden Tag sein Wachstum wieder beschleunigen. Wie schnell oder langsam er weiterwächst, können wir nicht voraussagen«, gab der Arzt ehrlicherweise zu. »Deshalb möchten wir ja auch, dass Luc regelmäßig zur Kontrolle herkommt. Dann haben wir ihn im Blick und können helfen, sobald er verstärkt medizinische Hilfe braucht.« Dann sprach der Arzt noch über die verschiedenen Möglichkeiten zur Schmerzbehandlung, die Luc im Krankenhaus zur Verfügung stünden.

Nach einer dieser Kontrollen fuhren Luc und Silke Berens betrübt nach Hause. Die Fahrt verbrachten die beiden in Schweigen. Als Silke Berens in ihrer Einfahrt schließlich den Motor ausschaltete, schaute sie ihren Sohn kurz an und murmelte schließlich ein paar ermutigende Worte: »Falls du bald ins Krankenhaus musst, schaffen wir auch das! Dort bist du in guten Händen.« Luc nickte mit einem dicken Kloß im Hals. Im Haus schnappte er sich als erstes sein Handy und rief Jonas Sommer an. Er bat ihn darum, heute noch gemeinsam den Apfelbaum zu Emily zu bringen. Es galt keine Zeit mehr zu verlieren!

Am späteren Nachmittag kam Jonas Sommer bei Luc vorbei und lud den Apfelbaum, einen Spaten und eine Packung Pflanzerde in seinen Kofferraum. Der Kofferraumdeckel musste während der Fahrt geöffnet bleiben. Aber die Fahrt zu Emily dauerte auch nur ein paar Minuten. Dort angekommen, lud Jonas Sommer den Apfelbaum wieder aus und stellte ihn vor der Haustür ab. Luc drückte die Klingel. Es war das erste Mal, dass er bei Emily zu Besuch war. Sonst war sie stets zu ihm nach Hause gekommen. Überrascht öffnete Emily die Tür. »Was macht ihr denn hier?«, fragte sie erstaunt. »Wir bringen dir ein Geschenk vorbei«, antwortete Luc und deutete auf den Baum. »Damit du mich nicht vergisst, wenn ich die Seite gewechselt habe.« Da trat Emily zu Luc heran und fasste seine Hände. Mit Tränen in den Augen murmelte sie: »Ich werde dich niemals vergessen, Luc!«

»Freust du dich denn gar nicht über den Baum?«, fragte Luc gespielt empört. »Oh, er ist großartig!«, freute sich Emily. »So ein schönes Geschenk habe ich noch nie bekommen.« Da schob sich plötzlich ein kleiner Junge in den Türrahmen. »Was ist denn das für ein Gebüsch?«, fragte er. »Darf ich vorstellen?«, murrte Emily und verdrehte ihre Augen. »Das ist mein kleiner Bruder Paul.« Doch dann strich sie ihm zärtlich über die Haare.

»Das ist ein Geschenk für Emily von mir«, erklärte Luc dem Jungen. »Du bist Luc«, stellte Paul fest. »Emily und Mama schauen sich immer deine Videos an. Aber ich finde die echt langweilig!« »Und was ist für dich nicht langweilig?«, fragte Luc. »Im Garten spielen«, antwortete Paul. »Dann kannst du uns ja gleich im Garten dabei helfen, den Baum einzupflanzen!« Nach dieser Aufforderung zogen sich Emily und Paul ihre Schuhe an und kamen nach draußen. Jonas Sommer trug den Baum in den Garten und Emily brachte für Luc einen Gartenstuhl herbei. Inzwischen hatte auch Emilys Mutter den Besuch bemerkt und war in den Garten gekommen. Jonas Sommer und Luc stellten sich vor und fragten dann höflich, ob sie den Baum einpflanzen dürften. Emilys Mutter war von dieser Geste berührt und sie suchte sofort nach einer passenden Stelle, wo der Baum stehen konnte.

Paul rannte einem Fußball hinterher und Emily und Jonas Sommer gruben ein großes Loch in den Gartenboden, dafür wechselten sie sich mit dem Spaten ab. Es war anstrengender, als es aussah. Von seinem Gartenstuhl aus machte Luc Fotos und beobachtete staunend, wie alles um ihn herum voller Lebendigkeit war. Gleichzeitig spürte er, wie seine eigne Lebensenergie allmählich abnahm. Er war sich nun gewiss darüber, dass sich sein Leben dem Ende näherte - und das nicht, weil es ihm ein Arzt sagte.

Doch weiter gelangte Luc mit seinen Überlegungen nicht, denn plötzlich traf ihn der Fußball am Kopf. Erschrocken stürmten alle herbei, um nach Luc zu sehen. »Nichts passiert!«, stöhnte Luc. »Das war wohl nur ein deutliches Zeichen, dass ich euch ein bisschen helfen soll.« Dann stand er leicht schwankend auf und griff nach dem Apfelbaum. Nachdem keine Punkte mehr um seinen Kopf herum flimmerten, hob er den Baum hoch und platzierte ihn in dem ausgehobenen Loch. Mit Emily zusammen ließ er sich auf die Knie sinken und schob mit seinen Händen Erde in den Hohlraum. Fast andächtig befühlte Luc die Erde und nahm ihren dumpfen Geruch war. Diese Erde sorgte dafür, dass der Baum groß und stark würde.

Paul hatte wegen seines Fußballtreffers ein schlechtes Gewissen. Zumindest kam er nun ebenfalls herbei und fragte, ob er irgendwie helfen könne. Emily schickte ihn los, um eine Gießkanne mit Wasser zu holen. Denn zum Schluss musste der Baum noch gegossen werden. Tapfer schleppte Paul eine schwere Gießkanne herbei und überreichte sie Luc. Luc wiederum witterte seine Chance auf Rache und begoss mit der Gießkanne lachend Pauls rechten Fuß. Paul fand das ebenfalls sehr lustig und rannte sofort los, um eine zweite Gießkanne zu holen. Nein - damit wollte Paul natürlich nicht den Baum gießen, sondern Emily und Luc! So kam eine regelrechte Wasserschlacht in Gang, an deren Ende Paul, Emily und Luc tropfnass im Garten standen.

Amüsiert hatten Emilys Mutter und Jonas Sommer das Spektakel verfolgt. Erschöpft und nass setzte sich Luc wieder auf seinen Gartenstuhl, während Emily und Paul die Gießkannen erneut befüllten, um dieses Mal wirklich den Baum zu gießen. Anschließend lud Emilys Mutter alle zum Tee ins Haus ein. Doch zuerst mussten sich Paul, Emily und Luc umziehen. Emily führte Luc in ihr Zimmer und suchte in ihrem Kleiderschrank nach großen Kleidungsstücken für ihn. Schließlich kam Emily frisch angezogen und Luc mit einem schlabbrigen T-Shirt bekleidet und einem Handtuch um die Hüfte gewickelt, zurück ins Wohnzimmer gestapft, wo Paul bereits in einem trockenen Jogginganzug auf dem Sofa herum hüpfte. Emilys Mutter servierte allen Tee und dann saßen sie gemütlich beisammen und sprachen über die Pflege von Apfelbäumen und überlegten sich, was Emily eines Tages mit den Äpfeln alles anstellen könnte. Die Ideen reichten von Apfelsaft über Apfelkuchen und Apfel-Schönheitscremes. Gemeinsam spannen sie immer weitere Ideen und Emily witzelte, dass sie eine Apfelfarm eröffnen könnte.

Es war ein richtig schöner Nachmittag, über den Luc am nächsten Tag sogar einen Interneteintrag verfasste. Er lud ein Foto der Einpflanzaktion hoch und schrieb dazu: *Was mich glücklich macht: Einen Baum pflanzen. Emily eine Freude bereiten.* Dann forderte er seine Leser auf, ebenfalls zu zeigen, was sie glücklich machten. Kein einziges Foto einer T-Shirt- Shoppingtour war darunter. Aber es wurden viele Blumen, Instrumente und Freundschaftsbilder gepostet.

Leider besserte sich Lucs Zustand auch an den Folgetagen nicht. Er nahm weiterhin Schmerzmittel ein und manchmal fiel es im schwer, bei Gesprächen konzentriert zu bleiben. Als Emily wieder zu Besuch war, hörte er statt ihrer Stimme nur ein Rauschen in seinem Ohr. Es war ihm jedoch zu peinlich, dies zuzugeben und deshalb gab er aufs Geratewohl zustimmende Laute von sich. Emily merkte es nicht direkt. Sie merkte aber, dass Luc immer stiller und ruhiger wurde. »Was ist los Luc?«, fragte sie deshalb. Luc und Emily saßen zusammen in Lucs Garten in der Hollywood-Schaukel, ihrem gemeinsamen Lieblingsplatz. Es war Herbst und es war tagsüber draußen noch warm, doch die Nächte waren bereits kalt. Die Bäume warfen bereits ihre Blätter ab und Luc beobachtete, wie ein Blatt langsam zu Boden segelte. Er fühlte sich wie der dazugehörige Baum, der seine Lebenskraft in den Stamm zurückzog und seine Blätter loslassen musste.

»Die Ärzte haben recht, ich werde bald sterben«, gab Luc zu, dem spontan keine Ausrede einfiel. Trotz aller bisheriger Beschäftigung mit seiner Krankheit und dem Tod, war für Luc der Tod selbst bisher etwas gewesen, das abstrakt vor ihm hergeschwebt war. Aber nun hatte sich dies geändert, denn er wusste mit großer Sicherheit, dass er direkt auf ihn zu schwebte.

Emily wusste nicht, was sie auf Lucs Aussage erwidern sollte, deshalb schwieg sie. »Wie war es bei deinem Vater, als er gestorben ist?« fragte Luc schließlich. »Hatte er Schmerzen?« Die Erinnerungen waren für Emily schlimm, aber Luc zuliebe berichtete sie von den letzten Tagen mit ihrem Vater. »Er war in einem

Hospiz. Dort hat er Schmerzmittel bekommen. Ich glaube, dass die Schmerzen für ihn so aushaltbar waren. Zumindest hat er mir gegenüber nie darüber geklagt. Er hat am Ende viel geschlafen. Wenn er wach war, wollte er eigentlich nur meine Hand halten. Und dann hat er immer wieder zu mir gesagt, dass er unheimlich stolz auf mich ist und mich liebt.« Bei dieser Erinnerung musste sich Emily eine Träne aus dem Auge wischen. Luc erkannte, dass Emily immer noch unter dem Verlust ihres Vaters litt. Er beschloss, sie nicht weiter auszufragen. Doch Emily fuhr von sich aus fort: »Als er gestorben ist, war niemand bei ihm. An seinem Todestag haben wir ihn alle noch gemeinsam besucht, also meine Mutter, ich und mein kleiner Bruder. Und dann ist er kurz nach unserem Besuch gestorben. Noch am Abend klingelte unser Telefon und eine Krankenschwester sagte, dass die Seele meines Vaters gegangen sei.« Emilys Stimme bebte. Ihr Vater fehlte ihr immer noch. Sie hatte sich stets mit all ihren Fragen an ihn gewandt und immer eine gute Antwort erhalten. Ihre Mutter war mit ihren Antworten etwas vager, sie behauptete einfach, dass sich Emily die besten Antworten ganz alleine geben könne.

Emilys Bericht beruhigte Luc ein wenig. Gleichzeitig beunruhigte ihn aber ihre Trauer. Wenn Luc sterben würde, würde Emily erneut durch die Trauer gehen müssen. Deshalb begann er sich zu fragen, ob er wirklich gut für Emily war. Sie war ohne Zweifel das Beste, was ihm in seinem Leben passiert war! Aber ob das andersherum genauso war, bezweifelte er nun. Er wollte auf keinen Fall, dass Emily wegen ihm litt. Nachdem solche und ähnliche Gedanken einmal in Luc aufgekeimt waren, ließen sie ihn nicht mehr los, sondern wurden in den folgenden Tagen noch mächtiger.

So kam es, dass Luc an zwei Tagen hintereinander Emily absagte – in der Absicht, dass sie sich nicht zu sehr an ihn gewöhnen möge. Am dritten Tag schrieb er ihr schließlich eine Handynachricht, dass es besser sei, wenn sie gar nicht mehr zu Besuch käme.

Liebe Emily,
bitte besuche mich nicht mehr!
Es ist besser, wenn wir uns nicht mehr wiedersehen.

Dein Luc

Lucs Herz schmerzte, während er diese Worte schrieb. Er hatte Emily die letzten zwei Tage bereits stark vermisst. Er mochte sich nicht ausmalen, wie es sein würde, sie überhaupt nicht mehr zu sehen! Aber er war sich sicher, dass es so besser für sie sei. Seufzend legte er sich auf sein Bett und zog sich die Decke über sein Gesicht. Er wünschte sich nichts weiter, als zu schlafen. Doch seine Gedanken ließen ihm keine Ruhe dazu. Also stand er wieder auf und tigerte in seinem Zimmer herum. Ständig behielt er eine Hand auf dem Handy, für den Fall, dass Emily antwortete. Aber das Handy blieb stumm. Wahrscheinlich sah es Emily ähnlich wie er und hielt es ebenfalls für besser, sich nicht mehr mit Luc zu treffen.

Die Minuten verstrichen quälend langsam und Luc fühlte sich schmerzhaft einsam. In dieser Stille redete er sich immer weiter ein, dass er nicht gut für Emily sei und sie etwas besseres verdient habe. Dann setzte plötzlich noch ein dröhnender Schmerz in Lucs Kopf ein. Da Schlafen nicht klappte, blieb Luc nur eine zusätzliche Dosis Schmerzmittel zur Abhilfe übrigblieb. Nach der Einnahme setzte er sich auf seinen Schreibtischstuhl und starrte apathisch aus dem Fenster. Fast bereute er, dass er das Schmerzmittel genommen hatte. Denn die Kopfschmerzen übertünchten seinen Herzschmerz. Und dieser war für Luc schwerer auszuhalten als jeder körperlicher Schmerz, den er jemals erfahren hatte. Es fühlte sich an, als ob sein Herz aus der Brust gerissen wurde. Er würde Emily nie wieder sehen! Die große Liebe seines Lebens! Dieser Gedanke grub sich immer tiefer in ihm ein. Jegliche Freude wich aus seinem Körper, bis nur noch eine abgrundtiefe Verzweiflung übrigblieb.

So saß er über eine Stunde auf seinem Stuhl, bis ihn die Türklingel aus seiner Starre riss. »Emily!«, durchzuckte es Luc. Er war sich sicher, dass Emily vor der Haustür stand. Die Tränen liefen ihm über die Backe, während er die Treppe nach unten stürzte und zum Hauseingang lief. Und dort stand sie tatsächlich, ebenfalls von Tränen überströmt.

»Du Arschloch!«, schleuderte sie ihm zur Begrüßung entgegen. »Erkläre mir, weshalb du mich nicht mehr sehen willst!« »Weil ich sterben werde, wie dein Vater! Und ich will nicht, dass du schon wieder jemanden in den Tod begleiten musst«, verteidigte sich Luc. »Ich will nicht, dass du wieder leiden musst!« »Und du denkst, dass ich nicht leide, wenn du jetzt mit mir Schluss machst?«, fragte Emily entrüstet. Luc sagte nichts, ihm liefen nur weiter die Tränen herab. »Glaubst du wirklich, dass ich nicht mitgekriegt habe, dass es dir seit der Chemotherapie sehr schlecht geht? Ich merke das und bin trotzdem für dich da! Denn ich will noch Zeit mit dir verbringen, solange ich das noch kann«, fuhr Emily aufgebracht fort. »Aber ich bin manchmal gar nicht mehr richtig ich«, flüsterte Luc. »Ich bin nur noch ein Schatten. Ich kann dir nicht mehr richtig zuhören und auch keine Ausflüge mehr mit dir machen.« »Dann reden wir eben nicht mehr! Dann bringe ich eben mein Cello mit und spiele dir Lieder vor«, schlug Emily vor. »Dann bin ich doch nur noch eine Last für dich!«, fuhr Luc unbeirrt fort. Doch Emily entgegnete: »Luc, lass mich bitte allein entscheiden! Ich entscheide selbst, ob du eine Last für mich bist und wie viel ich aushalten kann – nicht du!« Luc hob seinen Blick und schaute Emily in die Augen, sie strahlten eine große Stärke aus. Aber seine Angst ließ ihn weitersprechen. Unter Tränen murmelte er: »Ich habe so schrecklich große Angst davor zu sterben und dich zu verlieren.« »Ich habe doch auch Angst!«, entgegnete Emily, während ihr erneut die Tränen über die Wange liefen. »Ich habe doch auch Angst! Aber ich will mich nicht davor verstecken.« Dann traten die beiden aufeinander zu und fielen sich in die Arme. »Ich liebe dich Luc«, sagte Emily leise. »Ich dich doch auch.

Deshalb will ich dich ja vor Kummer beschützen!«, meinte Luc und küsste Emily auf die Stirn. »Aber indem du mich von dir fernhältst, machst du mir noch mehr Kummer!« »Und was ist, wenn ich am Ende nur noch im Bett rumliege und gar nicht mehr aufstehen kann? Dann ist es mir vielleicht peinlich, so von dir gesehen zu werden«, murmelte Luc betreten. »Dann halte ich auch das aus!«, sagte Emily bestimmt und Luc gingen allmählich die Argumente aus.

Schließlich freute er sich einfach nur, dass sich Emily nicht von seiner Nachricht hatte abschrecken lassen. Ihre Haare dufteten köstlich und es war herrlich, sie so fest in seinen Armen zu halten. Nach einer Weile gingen die beiden in den Garten und setzen sich in die Hollywood Schaukel. Luc bettete seinen Kopf auf Emilys Schoß. So fühlte er sich für einen Augenblick vollkommen behütete und seine Gedanken kamen zur Ruhe. Während Emily sachte seinen kahlen Kopf streichelte, schlief Luc ein.

Am Freitag kam Jonas Sommer wieder zu Besuch. Luc schaltete die Kamera ein. Der Gedanke, dass es möglicherweise das letzte Mal wäre, drängte sich ihm auf. Seine Konzentrationsfähigkeit hatte auch in den letzten Tagen weiter abgenommen, seine Schwindelanfälle nahmen hingegen zu.

»Wie geht es dir Luc?«, fragte Jonas Sommer wie üblich. Luc beschloss ehrlich zu sein. Denn er hatte Fragen und brauchte dringend Antworten. »Ich habe Angst!«, sagte er lauter als beabsichtigt. »Du hast Angst«, wiederholte Jonas Sommer. »Ja, schon seit einer Woche ist diese Angst da und geht nicht mehr weg. Ich habe Angst vor dem Tod!«, bestätigte Luc mit weit geöffneten Augen. »Weil du nicht weißt, was auf dich zukommt?«, fragte Jonas Sommer nach und lehnte sich nach vorne, sodass er Lucs Hand halten konnte. »Weil ich nicht weiß, ob es sehr schmerzhaft ist, zu sterben! Weil ich nicht weiß, was nach dem Tod passiert und ich bald nicht mehr existieren werde!«, rief Luc immer lauter werdend aus. Dann brach er in sich zusammen und fing laut an zu schluchzen.

Jonas Sommer ließ ihn weinen und klopfte ihm dabei sacht auf den Rücken. Plötzlich richtete sich Luc auf und schnappte sich das Wasserglas, das vor ihm auf dem Couchtisch stand. Er schmetterte es mit voller Kraft auf den Boden und rief: »Ich finde es scheißunfair, dass ich sterben muss! Gerade jetzt, wo ich Emily getroffen habe und alles so schön sein könnte!« Dann brach er wieder in einem lauten Schluchzen zusammen. »Ja, es ist so unfair!«, bestätigte Jonas Sommer sanft und wiederholte diese Worte immer wieder, bis Luc allmählich mit dem Weinen aufhörte und ruhiger wurde.

»Jetzt habe ich mich mal wieder vor allen zum Affen gemacht!«, stellte er seufzend, mit Blick auf die Kamera, fest. »Aber das ist wohl mein kleinstes Problem!« »Du musst das Video nicht veröffentlichen. Oder wir beginnen nochmal von vorne, Luc«, schlug Jonas Sommer vor. Doch Luc murmelte: »Ist doch sowieso alles egal.« »Dein Schicksal ist schlimm und bleibt für unseren Verstand unerklärlich und gemein!«, bekräftigte Jonas Sommer. »Wir Menschen leben hier auf der Erde in der Dualität. Wir erfassen nicht das Große und Ganze, sondern sehen immer nur eine Seite der Münze. Also schwarz oder weiß. Deshalb können wir auch nicht alles verstehen. Manche Geheimnisse entschlüsseln sich erst, wenn wir die Seite wechseln. Der Tod ist der Punkt, an dem unser Verstand nicht hinterherkommt. Und an diesem Punkt bleibt nur übrig, zu vertrauen. Zu vertrauen, dass nicht alles für die Katz ist. Und auch darauf zu vertrauen, dass wir über den Tod hinaus in Liebe miteinander verbunden sind. Wir können uns irgendwann auf der anderen Seite wieder begegnen.« »Und wenn es keine andere Seite gibt?«, fragte Luc. »Was, wenn es nur dieses eine Leben hier gibt und danach nichts mehr kommt?« »Wir sind mehr als unser sichtbarer Körper, Luc!«, widersprach Jonas Sommer voller Überzeugung. »Wir sind vollkommenes, ewiges Sein! Erinnere dich, wir haben darüber gesprochen, dass unser Körper, beziehungsweise die Person, die wir in diesem Leben darstellen, nur die Spielfigur ist. Tatsächlich sind wir der Spieler hinter unserer Spielfigur! Wenn wir unseren Körper verlassen, dann geht für uns nur die Spielrunde auf Erden zu Ende. Wir hören nicht auf zu existieren, sondern verlassen nur den Körper und das Spielfeld.« »Ich will einen Beweis!«, forderte Luc. »Ich kann dir keinen Beweis liefern«, gab Jonas Sommer zu, »aber mir fällt dazu eine Parabel ein: Eine Frau ist schwanger mit Zwillingen. Die noch ungeborenen Babys unterhalten sich im Mutterleib miteinander. *Die Geburt ist das Ende!,* behauptet der eine Zwilling, *danach kommt nichts mehr.* Doch der andere Zwilling ist andere Ansicht und geht davon aus, dass die Geburt erst der Anfang ist.«

Luc und Jonas Sommer schwiegen für einen Moment. Schließlich formulierte Luc eine weitere Frage: »Was erwartet mich auf der anderen Seite?« Doch Jonas Sommer hob nur seine Schultern an. »Vielleicht ziehen wir Bilanz über diese Spielrunde und bereiten uns auf das nächste Level vor. Oder wir tauschen uns mit anderen geliebten Seelen aus oder sind einfach in der Liebe. Und hoffentlich erhalten wir auch für alle unsere Fragen eine Antwort!«, vermutete Jonas Sommer und zwinkerte Luc zu. Luc fragte jedoch unbeirrt weiter: »Und du denkst, dass wir uns auf der anderen Seite wiedersehen werden?« »Ja. Wir sind in Liebe miteinander verbunden und können allen Seelen wiederbegegnen.« »Aber dann muss ich ja ewig auf euch alle warten!«, stöhnte Luc. »Ihr werdet vermutlich achtzig, neunzig oder sogar hundert Jahre alt werden.« »Nur für uns erscheint dieser Zeitraum als lange. Denn Zeit und Raum sind eine Illusion, die nur auf unserer Seite besteht. Dir wird es vermutlich nur wie ein kurzer Wimpernschlag vorkommen, bis wir wieder vereint sind«, beruhigte ihn Jonas Sommer. Tatsächlich schien Luc etwas beschwichtigt zu sein. Er wurde still und lauschte in sich hinein. »Jetzt geht es mir ein bisschen besser mit der Angst«, meinte er. »Das ist gut, Luc!«, sagte Jonas Sommer ernst und hob zu einem weiteren Vortrag an.

»Dein Tod liegt erst in der Zukunft. Und es wäre schade, wenn du dir deine übrige Lebenszeit durch eine zu große Angst verdirbst.

Viele spirituelle Autoren wie Eckhart Tolle, Kurt Tepperwein oder Byron Katie beschreiben die Wichtigkeit des gegenwärtigen Augenblicks. Die Vergangenheit ist vergangen und die Zukunft ist noch nicht eingetroffen. Wir haben also nur den gegenwärtigen Augenblick zum Leben. Und der ist gar nicht schlecht, wenn wir ihn uns nicht wegen nicht existenter Dinge verderben.

Wenn wir uns zu viele Gedanken, Ängste und Sorgen machen, ist das für unser Gehirn echter Stress. Bei Gefahr löst unser Gehirn eine Stressreaktion in unserem Körper aus, bei der Stresshormone ausgeschüttet werden. Die sollen uns dazu befähigen, so schnell wie möglich aus der Gefahrensituation zu fliehen. Aus der psychologischen Forschung ist jedoch bekannt, dass die Gefahr gar nicht real sein muss, um unseren Körper in Alarmbereitschaft zu versetzen. Es reicht schon aus, wenn wir uns eine Gefahr vorstellen oder einbilden. Wenn wir uns also Sorgen um die Zukunft machen, Ängsten und Befürchtungen in Gedanken nachgehen, aktiviert unser Gehirn die Ausschüttung von Stresshormonen. Diese Stresshormone sind jedoch langfristig schädlich für uns und begünstigen, dass wir in negativen Gedanken gefangen bleiben. Es entsteht sozusagen eine Art Gedankenkarussell. Wir drehen uns immer wieder um unsere gleichen negativen Gedanken oder Befürchtungen, ohne auszusteigen. Denn zu einer produktiven Lösung gelangen wir so nicht. Es entstehen vielmehr noch weitere negative Gefühle, da sich Gedanken und Gefühle gegenseitig beeinflussen. Und so verderben wir uns äußerst effizient unseren schönen, gegenwärtigen Augenblick. Dabei ist das Objekt unserer Ängste meistens überhaupt nicht mit uns im Raum anwesend. Kennst du das?« Luc erinnerte sich daran, wie er per Handy mit Emily Schluss gemacht hatte und danach nicht einschlafen konnte. Immer und immer wieder hatte er verzweifelt daran gedacht, dass er Emily nie wieder sehen würde. Tatsächlich hatte sie ihn aber noch am selben Tag zu Hause aufgesucht. So nickte Luc zustimmend.

»Wenn dich die Angst das nächste Mal überfällt, was könntest du dann machen?«, fragte ihn Jonas Sommer. Luc überlegte, was eine gute Antwort wäre. »Atmen!«, sagte er triumphierend. »Auf meine Atmung achten.« »Ja, das wäre eine fortgeschrittene Variante«, sagte Jonas Sommer schmunzelnd und riet dann: »Tue einfach das, was dir hilft, aus dem Gedankenkarussell auszusteigen. Oftmals ist es gut, mit jemandem zu sprechen. Du kannst mich jederzeit anrufen, wenn die Angst wieder kommt!« Luc nickte ihm zu. »Aber tue es auch!«, insistierte Jonas Sommer. »Greife zum Handy, rufe mich oder Emily an oder sprich mit irgendjemand anderem.

Natürlich kannst du auch auf eine andere Art und Weise aus dem Gedankenkarussell aussteigen. Indem du gezielt etwas Schönes unternimmst oder an etwas Schönes denkst. Alles ist gut, um den negativen Gedankenstrom zu durchbrechen. Das klappt natürlich auch, indem du dich ganz bewusst auf deine Atmung fokussierst oder auf deine Sinneswahrnehmung achtest. Ich nenne dies nur fortgeschrittenen Variante, da es bereits gut ist, wenn dir das Achtgeben auf deine Atmung oder Sinneswahrnehmung in einer neutralen Situation gelingt. Und wenn dir das in einer neutralen Situation immer öfters gelingt, wirst du irgendwann feststellen, dass du dir insgesamt viel weniger Sorgen und destruktive Gedanken machst.

Doch dafür ist etwas Übung nötig. Denn das menschliche Gehirn kann mit einem Muskel verglichen werden, der mental trainiert werden kann. Unser Gehirn ist nicht starr, sondern befindet sich in einem permanenten Umbauprozess. Das wird in der Psychologie auch mit dem Begriff der Neuroplastizität ausgedrückt.

Unser Gehirn besteht aus etwa hundert Milliarden Nervenzellen, die durch Synapsen miteinander verbunden sind. Das kann mit einem Straßennetz verglichen werden, in dem es immer irgendwelche Baustellen gibt. Denn häufig benutzte Straßen, unsere Nervenverbindungen, werden stärker ausgebaut. Wenig befahrene Straßen verkümmern hingegen allmählich. Da sich unsere Gedanken auf unser Wohlbefinden auswirken, ist es natürlich für uns von Vorteil, die Straßen des positiven Denkens häufiger zu nutzen und auszubauen. Darüber haben wir schon einmal gesprochen, als es um Optimisten und Pessimisten ging.« Luc nickte und Jonas Sommer fuhr fort: »Der Pessimist muss das positive Denken mental trainieren. Und irgendwann werden seine Nervenstraßen dafür so breit ausgebaut sein, dass es ihm zur Gewohnheit wird. Was vermutest du Luc, wie viele Gedanken pro Tag uns so durch den Kopf schießen?« »Viele!«, antwortete Luc sofort und vermutete: »Vielleicht so fünftausend.« Da lachte Jonas Sommer nur. »Es sind bis zu 70.000 am Tag! Gedanken sind unser ständiger Begleiter. Sie kommen und gehen, aber sie sind fast immer da. Es gibt nur wenige Momente, in denen uns keine Gedanken durch den Kopf gehen – außer wir schlafen. Und nur der kleinere Teil unserer Gedanken ist produktiv, über 70% sind belanglos und flüchtig. Und doch wirken sich all unsere Gedanken auf unser Wohlbefinden aus. Deshalb lautet auch ein wichtiger Ratschlag, das eigene Denken zu meistern. Also überwiegend positiv oder überhaupt nicht zu denken. In diesem Zusammenhang wird häufig auch von Achtsamkeit gesprochen. Vielleicht hast du diesen Begriff schon einmal gehört.« Luc zuckte mit den Schultern und fragte: »Bedeutet achtsam zu sein, so viel wie aufzupassen?« »Achtsam zu sein bedeutet so viel wie im *Hier* und *Jetzt* zu sein. Also sich auf die eigene Sinneswahrnehmung zu konzentrieren, statt zu grübeln und anderen Gedankengängen zu folgen. Dabei muss man nicht still sitzen wie in der Meditation, sondern nur seine Handlungen ganz bewusst ausführen und nachspüren. Unsere Malzeiten könnten wir zum Beispiel mit noch viel mehr Genuss essen«, erklärte Jonas Sommer. »Das hört sich einfach an«, meinte Luc. »Ja, es hört sich einfach an, ganz in der Gegenwart zu sein. Allerdings erfordert es eine gewisse Konzentration. Denn wir führen viele Handlungsabläufe automatisch aus und dabei rasen unsere Gedanken gerne wie Wildpferde davon.

Am Beispiel Autofahren wird deutlich, wie vieles wir eigentlich automatisch ausführen. Denn während wir das Auto steuern, können wir uns nebenbei problemlos mit dem Beifahrer unterhalten oder an der Musikanlage herumspielen. Auch die meisten Wegstrecken haben wir routiniert. Wenn sich dann plötzlich die Straßenführung für uns ändert, weil wir uns vor der Arbeit vornehmen, noch kurz bei der Apotheke vorbeizufahren, kommt es vor, dass wir die Abbiegung zur Apotheke verpassen und unserem gewohnten Weg zur Arbeit folgen.« »Dann sind Routinen und Automatismen schlecht für uns?« »Nein, eigentlich sind sie gut. Denn solche Routinen und Gewohnheiten sparen unserem Körper eine Menge Energie und unser Gehirn arbeitet gerne effizient. Nur was eigentlich günstig ist, wird nachteilig, wenn wir die freigewordene Kapazität während der Handlungsausführung zum Grübeln nutzen.

Deshalb lädt uns das Stichwort Achtsamkeit dazu ein, unserer Sinneswahrnehmung nachzuspüren oder Handgriffe einmal ganz bewusst auszuführen. Dieses Wachwerden für den Augenblick oder Achtsamwerden auf das Leben hat übrigens schon im Mittelalter der christliche Mystiker Meister Eckhard beschrieben. Indem wir uns selbst antreiben und abhetzen verpassen wir das kleine Glück im Alltag und fallen aus unserer Ruhe heraus. Achtsamkeit hilft uns dabei, in den Zustand der Gelassenheit zurückzukehren und dann das Leben aus einer heiteren Perspektive zu betrachten. Es ist immer hilfreich, sich selbst und das Leben nicht zu ernst zu nehmen. Dann können wir uns auch erlauben, etwas völlig Unnützes und Zweckfreies zu tun. Und so frei von Druck, im Zustand gelassener Achtsamkeit, sind wir im Einklang mit uns selbst und der Welt.

Dazu fällt mir noch eine weitere Geschichte ein: Ein Schüler fragte seinen Zen-Meister, einen Meditationsmeister, wie es ihm gelänge, so zufrieden und glücklich zu sein. Und der Zen-Meister antwortete: *Wenn ich sitze, dann sitze ich. Wenn ich stehe, dann stehe ich und wenn ich gehe, dann gehe ich.* Doch der Schüler meinte, dass er dies ja auch tue. Doch der Zen-Meister widersprach und sagte: *Nein, wenn du sitzt, dann stehst du schon und wenn du stehst, dann läufst du schon und wenn du läufst, dann bist du schon am Ziel.«*

»Und was ist die Moral von der Geschichte?«, fragte Luc nur, der genug von Andeutungen und vagen Aussagen hatte. »Sei mehr im Jetzt, anstatt auf zukünftige Ereignisse hinzuleben oder Vergangenem nachzuhängen«, antwortete Jonas Sommer. »Das mache ich ja auch so!«, behauptete Luc. »Ja klar und du kannst es auch immer ganz geduldig abwarten, bis Emily bei dir vorbeikommt«, spottete Jonas Sommer. »Erwischt!«, dachte Luc und lief leicht rot an. Tatsächlich guckte er schon vormittags auf die Uhr und zählte die Stunden bis zu Emilys Besuch. Eigentlich kreisten seine Gedanken fast den ganzen Tag um Emily und er fragte sich stets, wie er die Zeit ohne sie rumbringen konnte.

»Und wie läuft es bei dir mit der Frauensuche?«, konterte Luc die Frage mit einer Gegenfrage. »Da kann ich dir nicht so viel erzählen«, gab Jonas Sommer zu. »Ich warte noch darauf, dass ich die richtige Frau treffe.« Luc zog eine Augenbraue nach oben und sagte: »Dazu fällt diesmal mir eine Weisheit ein: Wer sucht, der findet!« Daraufhin musste Jonas Sommer lachend feststellen, dass Luc ein wahrer Meisterschüler war. Doch Luc streckte sich und gähnte laut. »Bist du müde?«, fragte Jonas Sommer. »Ja, es ist anstrengend dir zuhören«, gab Luc zu. »Was hoffentlich an deiner Krankheit und nicht an meiner Lehrkunst liegt!«, stöhnte Jonas Sommer theatralisch. Luc grinste nur. »Dann hören wir für heute auf«, schlug Jonas Sommer vor. »Ja«, stimmte Luc zu und bedankte sich anschließend bei Jonas Sommer für die Stunde. Dann schaltete Jonas Sommer die Kamera aus, während Luc sich auf dem Sofa ausstreckte.

Jonas Sommer blieb noch einen Moment im Wohnzimmer stehen und betrachtete Luc liebevoll. Luc hatte in kürzester Zeit sein Herz erobert. Er konnte verstehen, weshalb Luc so viele Fans im Internet gesammelt hatte. Luc berührte Herzen. Einmal hatte er Lucs Internetseiten besucht und sich über das große Interesse und die virtuelle Diskussion über eine der veröffentlichten Unterrichtsstunden gefreut. Auch Lucs gelegentliche Challenges, wie zu fotografieren, was glücklich macht, fand er großartig.

Lucs ruhiger und rhythmischer Atem ließ Jonas Sommer darauf schließen, dass Luc eingeschlafen war. Er beschloss, noch bei Lucs Eltern vorbei zu schauen. In der Küche fand er Silke Berens, die das Mittagessen zubereitete. »Oh hallo«, rief sie überrascht aus, als sie Jonas Sommer erblickte, »möchten Sie eine Tasse Tee?« Das Angebot nahm Jonas Sommer an und setzte sich auf einen der Küchenstühle, während Silke Berens in den Schränken nach einem Teebeutel suchte. Dabei fiel sein Blick auf den Küchenkalender. Auf dem Kalenderblatt prangte ein Zitat von Meister Eckhart. *Die wichtigste Stunde ist immer die Gegenwart, der bedeutendste Mensch immer der, der dir gerade gegenübersteht, und das notwendigste Werk ist immer die Liebe* - stand dort geschrieben. Jonas Sommer schmunzelte über die Art und Weise, wie das Leben zu einem sprach. Dann reichte ihm Silke Berens eine Tasse mit Tee und setzte sich zu ihm.

»Wie geht es Luc?«, fragte er. »Nicht so gut«, gab sie zu und knabberte dabei nervös an einem ihrer Fingernägel, »er nimmt jeden Tag Schmerzmittel. Er scheint starke Kopfschmerzen zu haben, auch wenn er das nicht zugibt.« »Ja, mir ist auch aufgefallen, dass Luc schwächer geworden ist«, bestätigte Jonas Sommer. »Und er macht sich vermehrt Gedanken über das Sterben.« Da schluckte Silke Berens schwer und versuchte eine Träne wegzublinzeln. »Ist es denn schon so weit?«, hauchte sie kaum hörbar. Jonas Sommer beschloss, ehrlich zu sein. »Ich weiß es nicht und kann das auch nicht beurteilen. Ich bin kein Arzt oder Hellseher. Aber es kommt mir so vor, als ob er sich dafür wappnet.« Nun flossen Silke Berens stumm die Tränen herunter. Als ihre Tränen wieder versiegten, fragte Jonas Sommer: »Wie geht es Ihnen?« »Meine Verzweiflung und mein Kummer sind unerträglich!«, schrie sie auf. Dann fügte sie etwas ruhiger hinzu: »Trotzdem versuche ich, für Luc stark zu sein!« Jonas Sommer nickte teilnahmsvoll. Es war unvorstellbar, was Lucs Mutter zurzeit durchmachte.

»Und wie geht es ihrem Mann?«, erkundigte er sich weiter nach Henry Berens. Silke Berens zuckte mit den Schultern. »Er spricht kaum und stürzt sich in seine Arbeit.« »Ich habe ihn schon lange nicht mehr gesehen«, sagte Jonas Sommer und erkundigte sich: »Wann kommt er denn nach Hause?« »Immer erst spät abends.« »Dann werde ich einmal abends vorbeikommen oder ihn anrufen«, beschloss Jonas Sommer. Während er seinen Tee austrank, berichtete Silke Berens von den letzten Arztkontrollen mit Luc. Anschließend standen sie auf und verabschiedeten sich voneinander. Doch gerade als die beiden die Haustür erreichten, flog diese auf und Henry Berens erschien im Türrahmen.

Er begrüßte eilig seine Frau und Jonas Sommer und erklärte, dass er seinen Laptop zu Hause vergessen habe und nun ein Dokument darauf benötigte. Hastig schob sich Henry Berens an den beiden vorbei und verschwand im Arbeitszimmer. Jonas Sommer nutze die Gelegenheit und lief ihm hinter her. »Sie waren schon lange nicht mehr bei mir in der Praxis!«, eröffnete Jonas Sommer das Gespräch. Unbeirrt suchte Henry Berens weiter nach seinem Laptop. »Was soll das auch bringen!«, verteidigte er sich verbittert. »Durch Reden wird mein Sohn auch nicht wieder gesund.« Jonas Sommer beschloss zu schweigen. Henry Berens öffnete auf der Suche nach seinem Laptop sämtliche Schreibtischschubladen. Nach einer Weile unterbrach er sein Tun und schaute auf. »Verstehen Sie mich jetzt nicht falsch«, bat er, »ich bin Ihnen sehr dankbar, für alles was Sie für Luc getan haben. Aber…« Henry Berens geriet ins Stocken. Ihm fiel nichts Passendes mehr ein. »Aber gesund kann ich ihn auch nicht machen«, beendete Jonas Sommer den Satz. »Niemand kann ihn gesund machen!«, rief Lucs Vater erbost aus. »Wofür bekommen die Ärzte eigentlich ihr Geld!« »Sie klingen sehr wütend«, stellte Jonas Sommer fest. »Bin ich auch!«, antwortete Henry Berens sofort und seufzte erleichtert über diese Feststellung. »Ich bin so wütend darüber, dass niemand meinem Sohn helfen kann!« »Und auch Sie selbst nicht!« »Und auch ich nicht!«, stimmte Henry Berens zu und erbleichte. Jonas Sommer nahm seinen Mut zusammen und sagte: »Ihre Frau hat mir von den letzten Arztbesuchen berichtet. Die Ärzte klingen wenig optimistisch. Und auch ich habe den Eindruck, dass Luc schwächer wird.« »Ich weiß«, murmelte Henry Berens, »meine Frau hat mir das auch erzählt. Aber was soll ich nur tun?« Verzweiflung klang aus Henry Berens Stimme heraus. »Was könnten Sie denn noch für Luc tun?«, entgegnete Jonas Sommer. Henry Berens überlegte lange und suchte nach geeigneten Worten. »Ich könnte noch ein bisschen Zeit mit ihm verbringen. Mit ihm zusammen Kartenspielen oder Fotos von früher anschauen oder so etwas in der Art«, schlug er schließlich vor. Jonas Sommer nickte zustimmend. Henry Berens hatte die Suche nach seinem Laptop inzwischen völlig vergessen. »Vielleicht könnte ich mir sogar für eine Weile Urlaub nehmen. Dann wäre ich einfach nur für ihn da.« Jonas Sommer brauchte nichts weiter hinzuzufügen. Er schaute Henry Berens noch einen kurzen Moment an, der irritiert in seinem Arbeitszimmer stand und sich ernsthaft fragte, was er hier eigentlich suchte. Dann verabschiedete sich Jonas Sommer und verließ diesmal wirklich das Haus der Berens.

Statt in seine Firma zurückzukehren, rief Henry Berens bei seinen wichtigsten Mitarbeitern an und verkündete ihnen, dass er die nächsten Tage zu Hause bleibt.

Henry Berens kramte alte Urlaubsvideos hervor und sichtete Fotoalben. Außerdem mistete er den Schrank mit den Gesellschaftsspielen aus und führte seine Aufräumaktion danach im Gartenhäuschen fort. Frei zu haben und sich auszuruhen, fiel ihm sichtlich schwer. Umtriebig tigerte er im Haus herum und ging seiner Frau auf die Nerven. Als er ihr voller Motivation den Kochlöffel abnahm und sie aus der Küche scheuchte, war sie kurz davor, ihren Mann zurück ins Geschäft zu schicken. Denn Henry Berens vergaß den Kochtopf auf dem Herd und das Essen brannte unter Entwicklung einer großen Rauchsäule an. Das passierte, als er beschlossen hatte, geschwind auf dem Dachboden nach

Lucs altem Teddybären zu suchen, solange das Essen auf dem Herd vor sich hin köchelte. Daraus wurde jedoch eine etwas längere Suche, die durch den Alarmton des Feuermelders im Erdgeschoss unterbrochen wurde. Zur Entschädigung besorge Henry Berens an diesem Tag Pizzen zum Essen.

Manchmal wurde es auch Luc zu bunt mit seinem Vater, der andauernd seine Gesellschaft suchte. Denn Luc fiel es zunehmend schwerer, aufzupassen. Zum Spielen von Gesellschaftsspielen hatte er auch keine Lust. Trotzdem freute er sich, dass sein Vater zu Hause war. Oft saß sein Vater neben ihm im Wohnzimmer und zeigte ihm Fotos und erzählte Geschichten von früher. Auch wenn die meisten Geschichten inhaltlich eher langweilig waren, freute sich Luc über die Inbrunst, mit der sein Vater sprach. Manchmal beobachtete er einfach nur seinen Vater und gab zustimmende Laute von sich, ohne auf seine Worte zu achten. Meistens schlief er dabei sowieso ein. Aber das machte nichts, denn Luc war glücklich darüber, dass sein Vater da war und mit ihm Zeit verbrachte.

Auch Emily kam wieder täglich vorbei. Da Luc immer schweigsamer wurde, brachte sie oft ihr Cello mit. Auch Lucs Eltern lauschten gerne ihrer Musik. Diese Momente, in denen alle gemeinsam im Wohnzimmer saßen und Emily zuhörten, wurden zu Lucs Lieblingszeiten. Dann gelang es ihm stets, einfach nur der Musik zuzuhören, ohne seinen eigenen Gedanken nachzujagen. So kam auch sein ewiges Kreisen um die Warum-Frage, verbunden mit Wut und Verzweiflung, irgendwann zur Ruhe. Er erreichte den Punkt, an dem er sein Schicksal hinnahm.

»Macht das alles einen Sinn?«, fragte er noch einmal Jonas Sommer, als dieser wieder einmal zu Besuch kam. »Ja, alles macht irgendwie einen Sinn!«, antwortete Jonas Sommer überzeugt. »Wie kannst du dir da so sicher sein?«, fragte Luc flüsternd nach. »Weil ich universelle Liebe in mir spüre und gesehen habe, was Liebe bewirken kann. Weil ich weiß, dass sich alle Menschen nach Liebe sehnen. Und so vertraue ich darauf, dass alles zu unserem besten

Wohl geschieht und einen höheren Sinn ergibt.« Luc und Jonas Sommer schwiegen für einen Moment. »Mein Vertrauen hilft mir auch dabei, gelassener und entspannter durch das Leben zu gehen.« »Oder in den Tod«, fügte Luc hinzu. Jonas Sommer nickte, ohne etwas zu erwidern. Nach einem weiteren Moment der Stille fragte er schließlich: »Möchtest du unser Gespräch heute wieder filmen?« Aber Luc schüttelte den Kopf. Er lag auf dem Sofa und hatte sich nur kurz zur Begrüßung aufgesetzt, als Jonas Sommer ins Wohnzimmer getreten war. »Ich weiß nicht, ob ich dir noch richtig zuhören kann«, murmelte er. »Okay«, sagte Jonas Sommer und schlug spontan vor: »Ich könnte dir auch etwas vorlesen, statt dir einen Vortrag zu halten.« Die Idee ließ Luc schmunzeln und er entgegnete: »Ich bin doch kein kleines Kind mehr!« »Auch für Erwachsene ist Vorlesen schön! Denn dabei erleben wir zusammen den Text. Fast so, wie gemeinsam fern zu sehen. Und das tust du doch auch, oder?« »Ja, Titanic mit Emily«, erinnerte sich Luc. »Also gut, dann schaue ich mal in dem Bücherregal dort drüben, ob es Titanic auch als Buch gibt«, witzelte Jonas Sommer und durchquerte das Wohnzimmer. Luc rollte mit den Augen, aber legte keinen Widerspruch ein.

An der gegenüberliegenden Wand stand ein Bücherregal, in dem hauptsächlich seine Mutter Lexika, Bücher, Fotoalben und andere Dinge aufbewahrte. »Ha, der kleine Prinz!«, rief Jonas Sommer triumphierend aus. »Der eignet sich gut zum Vorlesen. Kennst du das Buch schon?« »Nein, noch nie gehört«, gab Luc zu. Also kam Jonas Sommer mit dem Buch in der Hand zurück und schlug es auf. *»Als ich sechs Jahre alt war, sah ich einmal in einem Buch …«*, begann Jonas Sommer vorzulesen. Luc hörte zu und versuchte sich auf die vorgelesenen Worte zu fokussieren. Das klappte jedoch nur für einen kurzen Zeitraum, dann entzog sich das Gesagte seinem Verstand und er lauschte nur noch der melodischen Stimme Jonas Sommers. Wie schön und einzigartig sie klang. Der Klang der Worte begleitete Luc in den Schlaf.

Als Jonas Sommer bemerkte, dass Luc eingeschlafen war, verstummte er. Dann lief er in die Küche, um sich dort ein Weilchen mit Lucs Eltern zu unterhalten.

Das Buch ließ er aufgeschlagen auf dem Couchtisch liegen. Dort fand es am späteren Nachmittag Emily und griff danach. »Der kleine Prinz!«, rief sie erfreut aus. »Das hat mir mal meine Mutter vorgelesen, als ich noch ein Kind war.« »Du darfst mir gerne daraus vorlesen«, sagte Luc und Emily las begeistert ab der Passage weiter, an der Jonas Sommer aufgehört hatte.

Nachdem Emily eine Seite gelesen hatte, verstummte sie plötzlich und fragte Luc: »Hast du heute gar keinen Unterricht mit Jonas Sommer gehabt?« »Ich Esel!«, rief Luc aus und schlug sich gegen die Stirn. »Jetzt habe ich völlig vergessen, eine Internetnachricht zu schreiben!« Dann erklärte er Emily: »Ich möchte keine weiteren Videos mehr online stellen. Ich kann mich nicht mehr so gut konzentrieren und will am liebsten einfach nur so Zeit mit euch verbringen, also mit dir oder Jonas Sommer oder meinen Eltern. Aber ohne dabei etwas zu lernen, zu filmen oder im Internet zu posten.« Emily konnte das gut nachvollziehen. »Willst du dann deine Seiten ruhen lassen?« »Vielleicht werde ich ab und zu noch etwas schreiben«, erklärte Luc, der sich darüber selbst schon Gedanken gemacht hatte. »Ich hatte mir ja zu Beginn vorgenommen, dass ich euch alle an meiner Geschichte teilhaben lasse – bis zum Schluss! Und das möchte ich nach wie vor. Nur möchte ich keine Aktionen und Diskussionen mehr starten. Ich möchte einfach nur darüber berichten, wie mein Weg weiter geht. Vielleicht kannst du mir ja gleich beim ersten Text helfen.« Emily stimmte zu und lief mit Luc nach oben zu seinem Laptop. Dort sprachen sie darüber, was Luc den anderen mitteilen wollte und sie suchten nach passenden Worten. Schließlich schrieben sie folgende Nachricht:

Hey Leute,

In den letzten Wochen war ich sehr erschöpft und müde. Es fällt mir immer schwerer, über einen längeren Zeitraum anderen zu zuhören und aufrecht sitzen zu bleiben. Außerdem habe ich immer wieder starke Kopfschmerzen. Deshalb wird es auch keinen weiteren Unterricht mit Jonas Sommer mehr geben. Auch wenn ihr darüber enttäuscht seid!

Ich habe mich immer vor diesem Tag gefürchtet, ab dem ich keinen Unterricht mehr mitmachen kann. Und nun ist es soweit. Deswegen bin ich auch sehr traurig! Gleichzeitig ist da aber auch ein Fünkchen Erleichterung. Ich muss nichts mehr tun oder etwas leisten oder etwas erreichen. Ich bin einfach nur da und freue mich darüber, mit lieben Menschen Zeit zu verbringen.

Zu eurem Trost: Ich werde euch weiterhin Nachrichten schreiben und von meinem Weg berichten.

Euer Luc

Nach dieser Nachricht fühlte sich Luc erleichtert. Er musste nichts mehr lernen, leisten, erfüllen oder machen. Er durfte seine Energie für das verwenden, was im Augenblick wichtig war. Also Emily beim Cello zuhören, seinem Vater zunicken, das Essen seiner Mutter zu loben oder sich auf seine Atmung zu konzentrieren, wenn die Kopfschmerzen zu stark wurden. Er aß zwar sehr wenig, aber seine Mutter kochte ihm stets seine einstigen Lieblingsgerichte. Außerdem schlief er immer mehr. Die Fahrten ins Krankenhaus zu den Arztkontrollen strengten in sehr an. Beim Stehen und Laufen ergriff ihn manchmal ein plötzlicher Schwindel und seine Mutter musste ihn stützen.

Irgendwann durschritt er auch den Punkt, ab dem er sich nicht mehr für seine Eltern zusammenriss. Es erschien ihm absurd, dass er einmal versucht hatte, ihnen Schmerzen zu ersparen, indem er sich zusammenriss. Die Röntgenbilder zeigten, dass sein Gehirntumor weiterwuchs. Die Ärzte stellten ihn darauf ein, dass es nun jeden Tag so weit sein konnte, dass er ins Krankenhaus müsse. Dort würde er dann die letzten Tage seines Lebens verbringen. Das wussten alle, auch wenn die Ärzte nur von einer palliativen Schmerzbehandlung sprachen, ohne direkt die Wörter *Tod* oder *Sterben* in den Mund zu nehmen. In dieser Hinsicht hatte sich von Beginn an nichts geändert.

Luc war also über jeden Tag dankbar, den er zu Hause verbrachte. Er mochte es, im Garten auf der Hollywood- Schaukel zu liegen und zu beobachten, wie die Bäume ihre Blätter abwarfen und diese langsam zu Boden segelten. Manchmal zusammen mit Emily, manchmal allein. Gelegentlich setzte sich auch sein Vater nach Feierabend zu ihm. Nachdem Henry Berens zwei Wochen zu Hause geblieben war, hatte er wieder begonnen zu arbeiten. Aber anders als zuvor, arbeitete er nur eine begrenzte Stundenzahl am Tag und verbrachte mehr Zeit zu Hause. Auch Jonas Sommer hatte es beibehalten, freitags die Berens zu besuchen. Dort sprach er mit Luc oder las ihm etwas vor. Auch war er für Silke und Henry Berens ein wichtiger Ansprechpartner geworden. Lucs Eltern wurden immer wieder von Kummer und Entsetzen über ihren bevorstehenden Verlust durchdrungen und waren froh, dass Jonas Sommer ihnen zuhörte, ohne sie mit Ratschlägen zu überhäufen. Er hielt einfach ihren Schmerz aus. Einmal fragte ihn Silke Berens sogar, ob er die Beerdigungsrede übernehmen würde. Doch Jonas Sommer fand es besser, dies einem Priester zu überlassen.

Aber er nahm ihre Frage als Anlass, einmal über ihre Beerdigungsvorstellungen zu sprechen. »Die Beerdigung soll genauso werden, wie es sich Luc wünscht!«, beschloss Silke Berens. Allerdings bat sie Jonas Sommer darum, Lucs Beerdigungswünsche herauszufinden. Seufzend akzeptierte er und hoffte, dass sich irgendwann ein geeigneter Moment ergab, um mit Luc darüber zu sprechen.

In der darauffolgenden Woche besuchte Jonas Sommer die Berens erst am späteren Nachmittag, da er zuvor an einem Beratungs- und Coachingskongress teilgenommen hatte. Sein Besuch überschnitt sich mit dem von Emily. Als Jonas Sommer bei den Berens eintraf, saßen Luc und Emily gemeinsam im Wohnzimmer. Doch er störte die beiden nicht. Emily freute sich vielmehr, Jonas Sommer wieder zu sehen. Die beiden unterhielten sich eine Weile. Jonas Sommer wollte wissen, wie es in der Schule lief und ihrer Mutter und ihrem Bruder ging. Danach fragte er nach ihrem Vater. Da berichtete Emily von dessen Erkrankung und seinem Tod.

Jonas Sommer wusste zwar, dass Emily allein mit ihrer Mutter und ihrem Bruder lebte, aber er hatte bisher nicht gewusst, dass ihr Vater verstorben war. Jonas Sommers Respekt vor diesem Mädchen wuchs. Da der Tod ihres Vaters schon eine Weile zurück lag, traute er sich nach seiner Beerdigung zu fragen. »Wie lief seine Beerdigung ab?«, fragte er. Luc spitzte unwillkürlich seine Ohren. Denn er war selbst noch nie auf einer Beerdigung gewesen. Emily spürte Lucs Neugier und berichtete vom Ablauf der Beerdigungsfeier. Als Emily mit ihrem Bericht endete, fragte Jonas Sommer: »Luc, hast du dir schon einmal über deine Beerdigung Gedanken gemacht?« »Nein!«, rief Luc sofort aus. Schließlich hatte er die vergangenen Monate im Widerstand gegen den Tod verbracht und dieser Widerstand hatte sich erst kürzlich gelegt. »Deine Mutter hat mich gebeten, dich einmal danach zu fragen«, erklärte Jonas Sommer. »Wenn es soweit ist, soll nämlich alles so ablaufen, wie du es dir wünscht.« Auch wenn die Worte ihre Berechtigung hatten, taten sie kurz weh. »Ich weiß nicht«, murmelte Luc achselzuckend, »ich bin dann ja gar nicht mehr da. Es soll so werden, wie es für meine Eltern am besten ist.« »Aber es gibt schon ein paar Punkte zu klären«, warf Jonas Sommer ein. »Soll zu deiner Beerdigung nur deine Familie kommen oder sollen deine früheren Freunde und Mitschüler auch eingeladen werden?« »Jeder soll die Möglichkeit haben, sich von mir zu verabschieden«, beschloss Luc. »Also dürfen alle zum Friedhof kommen. Aber nach der Beisetzung soll meine Familie Ruhe haben.« Luc dachte etwas nach und dabei fiel ihm eine gute Idee ein: »Wie wäre es, wenn ihr zwei nach der Beisetzung mit meinen Eltern zu einem Black Dinner fahrt? Dann würde meine Beerdigung noch dazu beitragen, dass ihr etwas Neues erlebt!« Jonas Sommer seufzte und schmunzelte zur gleichen Zeit. »Okay, Emily und ich werden mit deinen Eltern ein Black Dinner besuchen. Vielleicht nicht direkt am Tag der Beerdigung, aber irgendwann danach.« Emily nickte zustimmend. »Und wie soll es mit deinen Internetseiten weitergehen?«, fragte Jonas Sommer weiter. »Die werde ich wohl von der anderen Seite aus nicht mehr fortführen«, sagte Luc und musste dabei beinahe lachen. Er fand die Frage absurd, auch wenn er die Idee einer allerletzten Nachricht schön fand. »Vielleicht könntet ihr zwei ja noch ein Foto von der Beerdigung posten und etwas dazu schreiben«, überlegte Luc laut. »Das machen wir gerne«, antwortete Jonas Sommer. »Das wäre eine große Ehre für uns.« Die Antwort fiel etwas theatralisch aus, aber war ernst gemeint.

Jonas Sommer beschloss, seine Fragerei ein anderes Mal fortzusetzen. Denn Silke Berens kam mit einem großen Tablett ins Wohnzimmer und brachte Tee und Kekse. Sie wollte die drei eigentlich nicht stören, sondern ihnen nur etwas Gutes tun. Doch Jonas Sommer überredete sie, sich ein Weilchen zu ihnen zu setzen. Und dann sprachen sie über das Herbstwetter und Jonas Sommer berichtete von seiner Reise zum Kongress. Es war ein gemütliches Beisammensein, fast wie in einer normalen Familie – nur dass allen bewusst war, dass dieser schlichte Moment etwas Besonderes war.

Kurz darauf schrieb Luc einen neuen Beitrag:

Hey Leute,
es wird Zeit, dass ich mal wieder ein Lebenszeichen von mir gebe. Für alle, die sich das gefragt haben: Ja, ich bin noch unter euch. Die Ärzte versuchen aber, mich für das letzte Wegstück vorzubereiten. Denn es sieht so aus, als ob mein Weg bald endet. Und dass wird er im Krankenhaus. Wenn meine Schmerzen und meine Schwindelattacken zunehmen, muss ich dorthin gehen. Dort werde ich dann »palliativ« begleitet. Was das Wort bedeutet, könnt ihr googeln.

Ich schaue viel aus dem Fenster und bestaune die Welt und die Menschen um mich herum. Wie schön und voller Energie alle sind! Oft sage ich auch meiner Freundin, wie schön sie ist. Doch sie glaubt mir nicht immer! Manchmal frage ich mich, ob vielleicht mit ihren Augen etwas nicht stimmt und sie eine starke Brille braucht. Aber wahrscheinlich ist es eher ihr Verstand, der meine Komplimente abwehrt. Falls es euch so geht wie meiner Freundin, dann versucht die Stimme in eurem Kopf, nicht zu ernst zu nehmen. Denn diese ist so etwas wie eine Zerrbrille und verhindert, dass ihr euch als schön, gut, lebendig und wundervoll erkennt. Und das seid ihr!

Euer Luc

Luc machte Emily tatsächlich jeden Tag Komplimente. Für ihn war sie ein zauberhaftes Wesen, das nicht nur wundervoll Cello spielte, sondern auch noch schön, herzlich und authentisch war. Inzwischen errötete sie auch nur noch und schaute kurz auf den Boden, wenn er ihr das sagte. Am Anfang hatte sie seine Komplimente regelrecht abgewehrt. Er selbst nahm seine eigene Stimme im Kopf nicht mehr allzu ernst. Sie war natürlich immer noch da und versuchte ihn regelmäßig klein zu machen. Doch was auch immer sie ihm einflüsterte, entgegnete er stets gedanklich: »Vielleicht ist das so. Aber ich lebe!« Und dann erfüllte ihn ein freudiges Gefühl und er beachtete die Stimme nicht weiter. Oder er rief sich das bekannte Zitat vom kleinen Prinzen in Erinnerung: *Man sieht nur mit dem Herzen gut!* Jonas Sommer hatte ihm das Buch inzwischen vollständig vorgelesen. Meistens war er dabei eingeschlafen, aber diesen einen Spruch hatte er zufälligerweise mitbekommen.

Als Lucs Blick an einem anderen Tag zufällig auf seine Spielkonsole fiel, musste er an Jonas Sommers Vergleich denken, dass das Leben eine Art Spiel war. Aus dem Regal holte er sein Lieblingsgame hervor und hielt es eine Weile in seinen Händen. Erinnerungen überfielen ihn. Mit dreizehn hatte er dieses Spiel stundenlang gezockt. Er hatte sich Level für Level vorgearbeitet und wäre beinahe am Endgegner gescheitert. Immer und immer wieder hatte er gegen ihn gekämpft, bis er schließlich nach zwanzig Runden den Bogen raushatte und ihn besiegte.

Im Spiel des Lebens war er selbst sein eigener Endgegner. Es kam ihm so vor, als ob es irgendwie darum ginge, sich selbst und seine eigenen Gedanken zu hinterfragen und die Zerrbrille loszuwerden. Bei seinem Vater konnte er das gut beobachten. Regelmäßig ärgerte er sich über einen seiner Mitarbeiter oder regte sich darüber auf, dass ihn eine Kassiererin nicht respektvoll genug behandelt hatte. Ja, er nahm sich selbst sehr wichtig und an seinen Problemen waren meistens die Anderen Schuld.

Luc hatte das früher auch so gemacht. Er hatte dem Tumor die Schuld für sein Elend gegeben. Doch dabei hatte er übersehen, dass er sich durch seine Isolation in seinem Zimmer und das Sitzenbleiben im Karussell aus negativen Gedanken und Emotionen seine Lebenszeit selbst versaute. Glücklicherweise hatte ihm Jonas Sommer dort hinaus geholfen.

»Bist du glücklich?«, fragte ihn Luc bei seinem nächsten Besuch. »Ja, ich bin glücklich«, antwortete Jonas Sommer. Da ihn Luc erwartungsvoll anschaute, erklärte Jonas Sommer: »Ich liebe mich selber und fühle mich in meinem Körper wohl. Jeden Tag entdecke ich Gründe, um dankbar zu sein. Zum Beispiel, wenn ich ein Stück Kuchen von deiner Mutter esse. Die Kuchen von deiner Mutter sind ganz besonders lecker!« Auch wenn Luc inzwischen kaum mehr Appetit hatte, konnte er Jonas Sommer zustimmen. Seine Mutter war eine fantastische Bäckerin. Doch Luc wollte etwas anderes wissen. Er fragte sich, ob Jonas Sommer auch einen inneren Endgegner hatte. »Aber hast du niemals schlechte Gedanken - zum Beispiel, dass du nicht gut genug bist?«, fragte er. »Ich bin kein Heiliger, Luc«, antwortete Jonas Sommer ernst. »Natürlich habe ich negative Gedanken. Ich denke immer wieder schlecht über mich selbst oder andere. Aber wenn ich mich dabei erwische, frage ich mich stets, ob das wirklich so ist und ob ich ganz sicher sein kann, dass dieser negative Gedanke stimmt. In den allermeisten Fällen stimmen solche Gedanken nämlich nicht! Der schwerste und wichtigste Schritt ist jedoch, sich selbst zu ertappen. Der Rest ergibt sich von alleine, also hinterher eine positive Perspektive einzunehmen.

Allerdings sollten wir mit unseren Gedanken nicht unsere negativen Gefühle wegdrücken. Wenn uns etwas Negatives widerfährt und wir wütend oder traurig sind, lassen wir unsere Gefühle am besten erst einmal raus. Manchmal schreie ich so laut ich kann, wenn ich mit meinem Gleitschirm abhebe. Indem wir weinen oder schreien oder uns bei jemandem aussprechen, können sich unsere negativen Gefühle auflösen und ziehen uns nicht in die Negativspirale zurück.

Gute Voraussetzungen um glücklich zu sein, sind also sich selbst zu lieben, die anderen so sein zu lassen wie sie sind, seine Gefühle wahrzunehmen und seine eigenen Gedanken zu meistern. Die restlichen Rezeptzutaten muss jeder individuell für sich selbst wählen.« Luc dachte über Jonas Sommer nach und kam zu dem Entschluss, dass sein Lehrer wirklich ein glücklicher Mann war. Sein Vater hingegen war häufig ein unzufriedener Mann. Demnach hatte Glück also tatsächlich mehr mit den inneren Anschauungen, als mit dem äußeren Erfolg zu tun.

Über seine Überlegungen hatte Luc Jonas Sommers Anwesenheit beinahe vergessen. Bis dieser weiter sprach: »Dankbarkeit kann zum Beispiel positive Gefühle erzeugen und so unser Glücksempfinden erhöhen. Das ist etwas, was selbst du in deiner Situation machen kannst. Ich bin mir sicher, dass dir mindestens drei Dinge einfallen, für die du Danke sagen kannst.« »Hm«, überlegte Luc und gab dann zu: »Zum Beispiel, dass du jetzt bei mir bist und ich nicht alleine bin.« Jonas Sommer lächelte. »Ich bin auch froh, dass wir uns getroffen haben«, sagte er. Und da Luc gerade so gut drauf war, forderte er ihn auf, ein bisschen aus seinem Leben zu erzählen. »Was hat dich denn als Kind glücklich gemacht?«, fragte er ihn. Lucs Augen nahmen einen verträumten Blick an und er erzählte von den Abenteuern aus seiner Kindheit. Hin und wieder stellte Jonas Sommer eine Frage dazu, aber überwiegend ließ er Luc einfach erzählen. Als Jonas Sommer Luc nach seiner Einschulung fragte, verdüsterte sich kurz dessen Blick. Denn die erste Klasse hatte Luc wiederholen müssen, damals hatte er eine wirklich doofe Lehrerin erwischt. »Und ist aus dem Sitzenbleiben auch etwas Gutes entstanden?«, fragte Jonas Sommer. Da gab Luc zu, dass die nächste Lehrerin und seine neuen Klassenkameraden sehr nett gewesen waren. Er hatte daraus sogar viele Jahre lang Freunde behalten. Nach dieser Einsicht gähnte Luc. Und so bestimmte Jonas Sommer: »Du ruhst dich aus und ich schaue einmal in der Küche nach, ob deine Mutter wieder einen ihrer leckeren Kuchen gebacken hat.« Mit diesem Plan war Luc einverstanden.

Das Thema Glück ging Luc auch noch nach seinem Mittagschlaf im Kopf herum. Seine Mutter trat ins Wohnzimmer und fragte ihn, ob er etwas essen wolle. Doch Luc hatte absolut keinen Appetit. Stattdessen stellte er seiner Mutter eine Frage: »Mama, bist du eigentlich glücklich?« Silke Berens schaute ihren Sohn mit hochgezogenen Augenbrauen an. »Als der Tumor noch nicht da war, war ich glücklich«, dachte Silke Berens, »aber damals habe ich es nicht erkannt.« Laut sagte sie jedoch: »Ich wäre glücklich, wenn du eine Kleinigkeit essen würdest!« Luc seufzte laut und dachte heimlich: »Sie hat wohl nicht verstanden, dass äußere Geschehnisse nicht glücklich machen.« Laut antwortete er: »Wenn es dich wirklich glücklich macht, dann esse ich eben ein bisschen was.« Silke Berens verschwand daraufhin wieder in der Küche und brachte Luc kurz darauf ein Essenstablett ins Wohnzimmer. Luc hatte weder Hunger, noch hatte er Freude am Geschmack des Essens. Sämtliche Speisen kamen ihm fad vor. Und so musste er sich regelrecht zum Essen zwingen. Fünf Gabeln würgte er seiner

Mutter zu zuliebe hinunter. Dann gab er auf. Doch seine Mutter lächelte zufrieden. Und Luc freute sich darüber, dass er ihr eine Freude gemacht hatte.

Dann bat Luc seine Mutter, seinen Laptop zu holen. Während Silke Berens die Treppe hoch zu seinem Zimmer lief und den Laptop holte, merkte Luc, wie sein Magen plötzlich rebellierte und sein Körper in Schweiß ausbrach. Eilig lief er zum WC. Dort übergab er sich. Er blieb noch einige Minuten zitternd im Bad stehen, bis sein Körper sich wieder beruhigt hatte. Dann lief er ins Wohnzimmer zurück. Seine Mutter hatte den Laptop bereits auf den Couchtisch gestellt. So konnte Luc einen neuen Beitrag verfassen.

Hey Leute,
Ich habe in den letzten Tagen darüber nachgedacht, was Glück eigentlich ist. Ich habe keine Lust mehr zum Essen, stehe nur noch selten vom Sofa auf und habe Kopfschmerzen. Mein Zustand verschlechtert sich immer weiter. Doch ich muss noch nicht ins Krankenhaus. Und solange ich zu Hause bin, versuche ich meine letzte Zeit voll auszukosten und mich über meine Eltern und meine Besucher zu freuen. Jeder Tag könnte mein letzter sein! Deshalb nehme ich mir jeden Morgen vor, heute glücklich zu sein. Du kannst dir übrigens auch vornehmen, einen Tag lang glücklich zu sein. Nur einen einzigen, das sollte doch machbar sein?!
Euer Luc

Bei jeder Kontrolle im Krankenhaus stellten die Ärzte fest, dass Lucs Tumor unablässig wuchs und kräftig auf seine Gehirnzellen drückte. Und so kam schließlich der gefürchtete Tag, an dem Luc mit entsetzlichen Kopfschmerzen aufwachte. Sein Kopf fühlte sich an, als würde er gleich explodieren. Luc schrie vor Schmerz auf. Sofort kam seine Mutter angerannt. »Was fehlt dir?«, fragte sie panisch. »Schmerzmittel«, keuchte Luc. Schleunigst brachte Silke Berens die Tabletten und ein Wasserglas. Nachdem Luc die Schmerzmittel genommen hatte, schaute er seine Mutter in die Augen. Silke Berens sah Lucs Qual. Die beiden mussten keine Worte miteinander wechseln – es war beiden klar, dass es für Luc nun soweit war, ins Krankenhaus zu gehen. »Ich fahre dich sofort ins Krankenhaus«, sagte Silke Berens hastig. Luc nickte und versuchte aufzustehen. Doch der Boden unter seinen Füßen schien nicht mehr fest zu sein. Sein gesamtes Zimmer drehte sich um ihn herum und er geriet ins Taumeln. Schnell packte ihn seine Mutter und schob ihn zurück auf sein Bett. »Ich rufe einen Krankenwagen«, entschied sie. Luc hörte ihre Worte nicht, er sah nur, wie sie ihre Lippen bewegte. Denn der Schmerz schoss durch seinen Kopf und hinterließ ein entsetzliches Dröhnen. Nach kurzer Zeit nahm Luc wahr, wie zwei gelb-orange gekleidete Rettungssanitäter ihn auf eine Bahrre hoben und aus dem Haus trugen. Dann verlor er sein Bewusstsein und wachte im Krankenhaus wieder auf.

Im ersten Moment war er vom hellen Krankenhauslicht geblendet. Dann gewöhnten sich seine Augen wieder an die Helligkeit und er sah den bekannten Infusionsständer neben sich stehen. Über eine Leitung tropfte eine Flüssigkeit in seine Armvene. Die Schmerzen in seinem Kopf waren immer noch da, aber abgemildert. »Luc«, hörte er seine Mutter rufen. Ihre Stimme klang erleichtert. Sie stand neben seinem Bett und beugte sich zu ihm herunter. Eine einzelne Träne lief ihr über die Backe. Auch sein Vater war da und atmete erleichtert ein und aus. »Sie hatten Angst, dass ich sterbe«, schoss es ihm durch den Kopf. Doch Luc fühlte, dass es jetzt noch nicht soweit war.

Henry Berens räusperte sich und trat ans Bett heran. »Was brauchst du von zu Hause?«, fragte er. »Ich bringe dir nachher ein paar Sachen.« »Mein Laptop und mein Handy«, antwortete Luc. Dann fiel ihm noch etwas anderes ein und er fügte hinzu: »Und der kleine Buddha.« Sein Vater nickte. Dann besprachen Henry und

Silke Berens miteinander, was Luc darüber hinaus benötigte. Anschließend brach Henry Berens auf, um die Sachen zu holen, während Silke Berens die Glocke betätigte. Eine Schwester kam ins Zimmer. »Er ist aufgewacht!«, sagte Silke Berens zu ihr. Freudig registrierte die Krankenschwester, dass Luc mit geöffneten Augen im Bett lag und auf ihre Fragen antworten konnte.

»Ich hole den Arzt«, sagte sie und lief aus dem Zimmer hinaus, um kurz danach in Begleitung eines Arztes das Zimmer erneut zu betreten. Der Arzt untersuchte Luc ausgiebig mit einem zufriedenen Gesichtsausdruck. Dann stellte er Luc noch verschiedene Fragen und wechselte ein paar Sätze mit Silke Berens. Anschließend verließ er mit der Krankenschwester wieder das Zimmer. Der Untersuchungsprozess hatte Luc angestrengt und er schloss seufzend die Augen. Doch dann öffnete er sie wieder, da ihm noch eine Sache eingefallen war. »Bitte sage Emily und Jonas Bescheid, dass ich nun im Krankenhaus bin«, bat er seine Mutter. Dann schloss er erneut seine Augen und schlief ein.

Als er wieder aufwachte, saß sein Vater neben ihm am Bett. Er hatte Lucs Sachen gebracht und den Buddha bereits auf dem Nachttisch platziert. »Möchtest du etwas trinken?«, fragte er, als Luc die Augen öffnete. Doch Luc schüttelte nur leicht den Kopf. Er hatte kein Bedürfnis mehr nach Nahrung. Sein Körper wurde künstlich über eine Infusion ernährt und zur Ausscheidung trug er einen Katheter. Bis zur Toilette konnte er nicht mehr laufen. Sein Körper hatte den Großteil seiner Kraft verloren. Luc spürte deutlich, wie seine Lebensenergie weiter abgenommen hatte. Zusätzlich trübte das Morphin, welches er als schmerzlinderndes Therapeutikum erhielt, seine Wahrnehmung.

So verbrachte Luc seine letzten Tage schlafend oder dösend, unterbrochen von kürzeren Wachphasen, in denen er Besuch erhielt. Seine Eltern, Emily und Jonas Sommer besuchten ihn täglich. Manchmal saßen sie einfach nur neben ihm am Bett und hielten seine Hand. Oder sie lasen ihm ein Buch vor oder erzählten etwas.

Emily brachte häufig ihr Cello mit. Darüber freute sich die ganze Station. Denn auch die Krankenschwestern und -pfleger waren von Emilys Musik verzaubert und baten sie gelegentlich darum, ein Lied auf dem Flur zu spielen. So konnten auch die anderen Patienten mithören.

Einmal bat Luc Jonas Sommer darum, seine Followers darüber zu informieren, dass er im Krankenhaus war. Für diesen Zweck hatte er seinen Vater den Laptop bringen lassen. Luc diktierte Jonas Sommer seine Passwörter, die sich dieser sorgfältig notierte. Denn er hatte Luc schließlich versprochen, nach seinem Tod stellvertretend einen allerletzten Beitrag zu schreiben. Doch zunächst einmal tippte Jonas Sommer die Zeilen, die ihm Luc nun aufsagte.

> Liebe Freunde,
> Ich hatte letzte Woche plötzlich extreme Kopfschmerzen und habe für kurze Zeit mein Bewusstsein verloren. Meine Mutter hat einen Rettungswagen gerufen, der mich ins Krankenhaus brachte.
> Nun liege ich im Kinderspital auf der Onkologie und diktiere meinem Lehrer Jonas Sommer diese Nachricht. Sprechen ist für mich leichter, als zu schreiben. Dafür muss ich mich nicht aufsetzen. Ich hoffe, dass er aus meinem Gestammel etwas Lesbares macht. Er wird euch auch über meine restliche Geschichte informieren - die bald zu Ende sein wird. Eure Geschichten sind hingegen erst am Anfang! Seid großartige Autoren und schreibt eurer Lebensgeschichte ein Happy End!
> Euer Luc

Jonas Sommer überfiel eine Woge sentimentaler Emotionen. Er staunte über die schlichte Weisheit dieses Jungen und verspürte den starken Wunsch, ihm auf seinem letzten Weg beizustehen. Deshalb bat er Luc auch immer wieder darum, aus seinem Leben zu erzählen. Natürlich nur, wenn er Luc wach und präsent antraf.

Jonas Sommer wusste, dass es wichtig war, das eigene Leben am Ende zu rekapitulieren. So ließ er Luc über einzelne Kindheitserinnerungen berichten und von seiner Schulzeit und seinen Jugendabenteuern erzählen. Nach ein paar Tagen schloss Luc seinen Bericht ab. »Und dann wachte ich eines Morgens mit starken Kopfschmerzen auf und hatte immer wieder Schwindelattacken. Die restliche Geschichte kennst du ja. Meine Mutter lief mit mir von Arzt zu Arzt, bis die Diagnose Ependymomen oder primärer Tumor des Zentralnervensystems; feststand«, murmelte Luc und verstummte. Er schluckte schwer und schaute anschließend aus dem Fenster. Der Schmerz über diesen Schicksalsschlag war immer noch da, auch wenn sich sein anfänglicher Widerstand zu einer allmählichen Akzeptanz entwickelt hatte. Seine Eltern, seine Freunde und Emily zu verlassen, war die härteste Aufgabe seines bisherigen Lebens. Ein Tränenrinnsal rann ihm die Backe hinunter. Doch er weinte nicht wegen sich selbst, sondern weil er durch seinen Tod seinen Eltern und Emily großen Kummer bereiten würde. Jonas Sommer drückte ihm schweigend die Hand. Luc räusperte sich mehrmals und rang um Worte. »Werden sie ohne mich klarkommen?«, flüsterte er schließlich. »Ja Luc, das werden sie!«, antwortete Jonas Sommer überzeugt. »Die erste Zeit wird natürlich sehr schwer für deine Eltern und Emily werden. Doch irgendwann werden sie merken, dass ihr Leben weiter geht. So wie du es empfohlen hast: Sie müssen sich ihr Happy End selbst schreiben. Auch wenn ihnen das an manchen Tagen vielleicht schwer erscheinen wird. Aber du trägst keinerlei Verantwortung für sie!« »Wahrscheinlich hat er wieder einmal Recht«, dachte Luc. Doch loslassen konnte er noch nicht.

Die beiden schwiegen eine Weile. Dann stellte Jonas Sommer eine Frage: »Kannst du dir denn verzeihen, dass du sie allein lässt?« Luc fand die Frage komisch. Schließlich traf ihn keine Schuld an seiner Krankheit. Doch als er in sich hineinspürte, fühlte er trotzdem ein Schuldgefühl in sich. »Die anderen leiden wegen mir. Das bedrückt mich«, gab Luc zu. Doch Jonas Sommer wiederholte nur, was er bereits gesagt hatte: »Du bist nicht für ihre Gefühle verantwortlich! Deine Eltern und Emily haben mit dir zusammen schöne und schwere Erfahrungen gesammelt. Und bald ist dieses besondere Kapitel, das sie mit dir erlebt haben, vorbei. Es gibt nichts weiter zu tun, Luc - es ist alles getan.« »Dann kann ich mir vielleicht vergeben«, antwortete Luc unsicher. Jonas Sommer nickte ihm ermutigend zu.

»Gibt es denn etwas in deiner Lebensgeschichte, das du bereust?«, fragte Jonas Sommer weiter. Luc dachte kurz nach und meinte schließlich: »Eigentlich nur eine Sache - nämlich, dass ich mich nach meiner Diagnose in meinem Zimmer verschanzt und mich wie ein Vollidiot benommen habe. Ich habe viele Wochen lang nicht mehr mit meinen Eltern geredet.« »Dann darfst du dir auch deswegen vergeben«, ermutigte ihn Jonas Sommer, »denn du warst geschockt und erschüttert.« Luc dachte darüber nach und konnte sich schließlich selbst Verständnis für sein Verhalten entgegenbringen. Und so vergab er sich. Und schließlich verzieh er sich auch, dass er seine Eltern und Emily allein lassen würde. Schlagartig fühlte er sich erleichtert und müde. Ein großer Ballast war von seinen Schultern abgefallen. Erst jetzt merkte er, wie schwer er in der letzten Zeit getragen hatte. Erschöpft schloss er die Augen und schlief augenblicklich ein.

Lucs Eltern, Emily und Jonas Sommer hielten sich an bestimmte Uhrzeiten, zu denen sie Luc besuchten, damit sich ihre Besuche nicht überschnitten. Aber einmal bat Luc darum, dass alle gleichzeitig kamen. Und so fanden sich die vier an einem Sonntagvormittag zur selben Zeit im Krankenhaus ein. Bereits als Jonas Sommer das Krankenzimmer von Luc betrat, bemerkte er, dass dies ein besonderer Moment war. Es kam ihm so vor, als ob sich das Zimmer in eine große Kathedrale verwandelt hatte und eine tiefe Ruhe, Freude und Schönheit ausstrahlte. Auch die anderen bemerkten die besondere Stimmung.

Die vier gruppierten sich um Lucs Bett herum. Aus Nervosität begann Silke Berens über das Wetter zu reden. Hastig steuerten auch Henry Berens und Emily Beiträge über die Wetterlage der letzten Tage bei. Luc verfolgte das Gespräch lächelnd. Er strahlte an diesem Tag eine besondere Klarheit und Ruhe aus. Es freute ihn, dass alle seine geliebten Menschen um ihn herum versammelt waren. Es spielte keine Rolle, über was sie sprachen oder was sie taten.

Nachdem seine Besucher eine Weile miteinander geplaudert hatten, fragte Luc plötzlich: »Ist es okay für euch, wenn ich gehe?« »Wohin willst du denn gehen?«, fragte sein Vater perplex. Luc lag schon seit Tagen im Bett, ohne dass er nur einen einzigen Schritt aus seinem Bett getan hatte. Statt einer Antwort schaute ihn Luc nur intensiv an. Da dämmerte es Henry Berens, wie die Aussage seines Sohnes gemeint war und er schaute betreten zu Boden. Alle schwiegen. Nach einer Ewigkeit fand Silke Bernes schließlich ihre Stimme wieder und antwortete: »Es ist okay, wenn du gehst. Alles wird gut!« Daraufhin murmelten auch Emily und Henry Berens ihr Einverständnis: »Du darfst gehen.« Dann folgte erneutes Schweigen. Bis Emily vorschlug, etwas auf ihrem Cello vorzuspielen.

Emily packte ihr Cello und ihren Bogen aus dem Koffer aus und bereitete sich für ein Vorspiel vor. Als sie schließlich zu spielen begann, waren alle von Emilys Musik tief ergriffen. Denn Emily gelang es, die besondere Stimmung in einem Lied aufzufassen und wiederzugeben. Nachdem sie ihr Stück beendet hatte, beschloss Jonas Sommer, die Cafeteria aufzusuchen. Er bat Emily mitzukommen. So hatten Henry und Silke Berens die Möglichkeit, alleine mit Luc zu sprechen und ihre Liebe zu bekunden.

Und als Lucs Eltern später selbst Mittagessen gingen, konnte Emily noch einmal alleine bei Luc sein. Auch mit Jonas Sommer sprach Luc an diesem Tag lange und flüsterte ihm verschiedene Dinge zu. Immer wieder zogen Bilder aus Lucs Leben an seinem inneren Auge vorbei. Er sah sich als kleinen Jungen, als Schüler und

Teenager. Er sah sich Weihnachtsgeschenke auspacken und Geburtstage feiern. Er sah Szenen, in denen er vor Enttäuschung weinte oder vor Freude lachte. Die Bilderflut hörte nicht auf. Irgendwann erschienen neue Bilder, die Luc noch nicht kannte. Doch diese erschienen ihm genauso vertraut und real zu sein, wie die vorangegangenen Szenen aus seinem Leben. Luc sah sich als britischen Kriegspilot Bomben über einer Stadt abwerfen, er schrubbte als Seemann eine Schiffsplanke und jagte als Indianer ein wildes Tier. Er erlebte, wie er unzählige Male geliebt, gelacht, geweint und gewütet hatte. Er erlebte immer wieder, wie er an einer entscheidenden Stelle in seinen Leben, die Anderen oder seine Lebensumstände für sein Unglück verantwortlich machte. Und er erlebte erneut, wie er es in diesem Leben mithilfe von Jonas Sommer geschafft hatte, die entscheidende Stellschraube seines inneren Projektors zu ändern, um einen neuen Film abzuspielen - wie er schließlich eigenverantwortlich aus seiner Isolation herausgetreten war und daraufhin das Glück hatte, auf Emily zu treffen.

All die Bilder sämtlicher Leben reihten sich wie Perlen einer Kette aneinander und ergaben zusammen ein Kunstwerk. Sein aktuelles Leben, das er nun verlassen würde, war nur eine einzige Perle, die zusammen mit den anderen einen Sinn erfüllte. Und als sich am Nachmittag erneut alle in Lucs Zimmer versammelten und Emily weitere Lieder vorspielte, war Luc schließlich bereit, endgültig loszulassen.

Luc verstarb ohne großen Paukenschlag. Der Atem hörte einfach auf, in seinen Körper hineinzuströmen. Sein Körper passte nicht durch das Lichtportal, das er nun durchschritt.

Lucs Eltern und Jonas Sommer waren in Emilys Musik vertieft. Und so bemerkten sie erst nach zwei weiteren Stücken, dass Luc nicht nur eingeschlafen, sondern gegangen war.

Die Beerdigung fand ein paar Tage später bei schönstem Herbstwetter statt. Lucs Eltern hatten den Termin in der Zeitung bekannt gegeben und zu einer öffentlichen Beisetzung eingeladen, so wie es sich Luc gewünscht hatte. Fast dreihundert Menschen kamen. Es waren Freunde und Mitschüler von Luc, ehemalige Lehrer oder Arbeitskollegen seiner Eltern, es waren Ärzte und Krankenpfleger aus der Klinik oder Menschen aus der Nachbarschaft, es waren Lucs Internetanhänger und die blonde Zeitungsreporterin – alle kamen. Lucs Geschichte hatte unzählige Herzen berührt und viele wollten sich verabschieden. So dauerte die Beisetzungszeremonie lange. Zuerst hielt der Priester eine Rede und es wurden ein paar christliche Lieder gesungen. Anschließend brachten uniformierte Träger den Sarg zum Grab und ließen ihn hinuntergleiten. Danach durften alle Anwesenden zum Grab schreiten und ein paar Blütenblätter oder eine Blume auf den Sargdeckel werfen und Lucs Eltern ihr Beileid bekunden.

Silke und Henry Berens standen direkt beim Grab. Daneben stand Emily, flankiert von ihrer Mutter, ihrem kleinen Bruder und Jonas Sommer. Sie beobachteten den Menschenzug, der zu Lucs Grab strömte. Als Jonas Sommer spontan Emilys Hand drückte, brach sie in Tränen aus. Silke Berens und Emilys Mutter bemerkten das und nahmen sie tröstend in den Arm.

Als die letzten Besucher sich am Grab von Luc verabschiedet hatten, warfen nun auch Jonas Sommer, Emily mit ihrer Mutter und ihrem Bruder, sowie Silke und Henry Berens eine Blume ins Grab. Danach liefen alle zu ihren Autos. Denn die Beerdigungsfeier wurde nur mit Lucs Verwandten bei den Berens zu Hause fortgesetzt.

Gerade als Jonas Sommer sein Auto erreichte, lief die blonde Reporterin auf ihn zu. Sie baute sich vor ihm auf und blickte ihm tief in die Augen. Ihre Augen funkelten intelligent und Jonas Sommer überfiel das vage Gefühl, ihr nicht zum ersten Mal zu begegnen. So standen sie sich eine Weile gegenüber und beäugten sich. »Ich habe den Zeitungsartikel über Luc geschrieben«, stellte sich die blonde Reporterin schließlich vor. »Ich heiße Hanna Mai.« »Ich bin Jonas Sommer«, entgegnete Jonas Sommer leicht nervös. Er wusste nicht, was er sagen oder wie er sich Hanna Mai gegenüber verhalten sollte. Das war etwas, was er sonst nicht von sich kannte. »Ich weiß«, sagte Hanna Mai. »Seitdem ich den Artikel geschrieben habe, habe ich eure Unterrichtsstunden im Internet gesehen. Deshalb will mich auch bei dir bedanken. Eure Stunden waren und sind ein großer Wissensschatz für mich!« Hanna Mai sprach Jonas Sommer vertrauensvoll mit *du* an. Während sie sprach, errötete Jonas Sommer leicht. Er freute sich über ihr Kopliment. »Überhaupt hat mich Lucs Geschichte sehr bewegt!«, fuhr Hanna Mai fort. »Und als ich in der Zeitung den Beerdigungstermin gelesen habe, wollte ich unbedingt dabei sein. Das war wie ein innerer Drang!« Jonas Sommer nickte. Hanna Mai war ihrer Eingebung gefolgt. Vielleicht war es sogar Fügung, dass sie sich nun hier gegenüberstanden. Luc hätte diesen Zufall bestimmt als eine gute Wendung in Jonas Sommers Lebensstory betrachtet. Der Gedanke brachte Jonas Sommer zum Schmunzeln und er fand zu seiner üblichen Selbstsicherheit zurück. »Ich muss jetzt zur weiteren Beerdigungsfeier aufbrechen«, sagte er, »sonst wundern sich die Berens noch, wo ich bleibe. Aber du kannst dich gerne bei mir melden. Dann können wir einmal gemeinsam einen Kaffee trinken gehen.« Jonas Sommer zog eine Visitenkarte hervor und hielt sie Hanna Mai hin. Lächelnd nahm Hanna Mai die Karte entgegen. Sie würde sich ganz bestimmt bei Jonas Sommer wegen des Kaffees melden!

Am ersten Sonntag nach Lucs Tod trafen sich Henry und Silke Berens mit Emily und Jonas Sommer, um gemeinsam zu einem *Black Dinner* Lokal zu gehen. Ein Black Dinner hatte Luc schließlich für die Beerdigung vorgeschlagen, aber seine Mutter wollte die Beerdigung lieber traditionell abhalten. Deshalb holten sie das Black Dinner jetzt nach.

Das Lokal war stockdunkel und sie wurden von einem Kellner einzeln zu einem Tisch geführt. Der Kellner war von Geburt an blind und fand sich im Dunkeln perfekt zurecht. Emily, Jonas Sommer, Silke und Henry Berens hingegen hatten große Schwierigkeiten. Sie trauten sich kaum, sich zu bewegen, um nicht aus Versehen ein Getränk umzuwerfen. Es wurde auch nicht besser, als das Essen kam. Denn das Gericht war geheim – die Kunden sollten selbstständig mit ihrem Geschmackssinn erraten, was sie aßen. So konnten sie vorab nur zwischen einem vegetarischen oder einem fleischhaltigen Menü wählen. Das Essen im Dunkeln auf die Gabel zu laden war bereits eine große Herausforderung. Doch als Emily auch noch auf etwas mit einer komischen Konsistenz biss, spuckte sie es heimlich wieder aus. Sie hielt sich ab da lieber an die rechte Tellerseite, deren Inhalt sie bereits erraten hatte – Nudeln. Am Ende verriet ihnen der Kellner natürlich, was er ihnen serviert hatte. Emily musste laut lachen, als sie feststellte, dass die ausgespuckte Speise lediglich eine Gurke gewesen war. Auch der Kellner lachte. Und das Lachen war so ansteckend, dass auch Jonas Sommer, Silke und Henry Berens mit einstimmten. Wie ungeschickt sie sich doch alle dabei angestellt hatten, im Dunkeln zu essen! Sie mussten herzhaft über sich selbst lachen. Und sie konnten kaum mehr damit aufhören, denn das Lachen hatte etwas Heilsames an sich. Es war für sie das erste Lachen, seit Lucs Tod.

Nach einer Weile beruhigten sich dann doch alle wieder. Der Kellner sprach mit ihnen noch ein bisschen darüber, wie sich sein Leben als blinder Mensch gestaltete und dann bezahlte Henry Berens die Rechnung. Der Kellner führte anschließend wieder alle einzeln nach draußen.

Was für eine Erleichterung es war, wieder sehen zu können! Während sie sich ihre Jacken anzogen, meinte Henry Berens sogar, dass sie diesen Restaurant- Besuch unbedingt wiederholen mussten. Daraufhin schlug Jonas Sommer vor, von nun an jedes Jahr an Lucs Todestag dort essen zu gehen. Mit diesem Vorschlag waren alle einverstanden. Denn so würden sie auch über Lucs Tod hinaus miteinander verbunden bleiben und sich wiedersehen.

Nachdem sich alle zum Abschied herzlich umarmt hatten, fuhr Jonas Sommer beim Friedhof vorbei. Er fotografierte Lucs Grab. Zuhause loggte er sich mit Lucs Zugangsdaten auf seinen Seiten ein und lud das Foto hoch. Er hielt sich an sein Versprechen, über Lucs Tod zu berichten. So schrieb er unter das Foto:

Luc ist am 23. Oktober im Krankenhaus gestorben. Er hatte davor Zeit, sich von seiner Familie und seiner Freundin zu verabschieden. Im Krankenhaus erhielt er starke Schmerzmittel, sodass er seine Schmerzen zuletzt gut aushalten konnte.

Viele von euch waren bei seiner Beerdigung diese Woche dabei. Es hat seine Eltern sehr berührt zu sehen, dass Luc im Leben so vieler Menschen eine Rolle spielte. Ich möchte mich in ihrem Namen für eure Anteilnahme bedanken! Ich bin übrigens Jonas Sommer, der Lehrer von Luc und Familienfreund der Berens. Luc hat mich vor seinem Tod damit beauftragt, euch in seinem Namen eine letzte Nachricht zukommen zu lassen und mir dafür seine Zugangsdaten gegeben. Und das sind die Worte, die er mir an seinem Todestag für euch zugeflüstert hat:

»Ich bin dabei, meinen Körper zu verlassen. Nun erkenne ich, dass die Welt ein magischer Ort voller Geheimnisse ist. Alles greift ineinander und wirkt miteinander. Auch du bist darin eingebunden. Und wenn du möchtest, kannst du deine Gedankenkraft wie einen Zauberstab einsetzen. Du kannst alles werden und sein, was du dir vorstellen kannst! Es gibt keine Grenzen. Außer die Grenzen, die du dir selbst auferlegst. Also wenn du auf die Stimme in deinem Kopf hörst, die dich klein macht und dir weißmachen will, was du alles nicht kannst oder was unmöglich ist. Doch das ist nur eine Stimme in deinem Kopf und nicht die Wahrheit. Denn du bist außergewöhnlich und wunderbar! Beginne auf dein Herz zu hören - es wird dich führen und leiten!« - *Euer Luc*

Die sieben Spielregeln des menschlichen Lebens (auch universelle Gesetze oder hermetische Prinzipien genannt):

1. **Das Prinzip der Geistigkeit:** Unser Universum ist von geistiger Beschaffenheit. Letztlich ist alles Energie und so ist auch alles mit allem verbunden. Mit deinen Gedanken und Gefühlen erschaffst du dir deine eigene Realität. Du bist ein Schöpfer. Das Geistige erzeugt das Physische.

2. **Das Prinzip der Resonanz oder Anziehung:** Durch positive oder konstruktive Gedanken und Gefühle kannst du dir aktiv ein schönes Leben erschaffen. Denn deine innere Wahrheit zieht entsprechende, äußere Umstände an. Du trägst Verantwortung für dein eigenes Leben. Versuche immer häufiger, positiv zu denken und überholte Glaubenssätze aufzulösen.

3. **Das Prinzip der Schwingung:** Alles ist veränderbar, denn nichts ist starr oder unbeweglich. Fortlaufende Veränderung ist die einzige Konstante.

4. **Das Prinzip der Polarität:** Jedes einseitige Urteil ist nur die halbe Wahrheit. Denn Alles hat zwei Seiten. Du bist dazu eingeladen, deine Aufmerksamkeit auf die andere Seite der Münze zu lenken und dadurch das Gute im Schlechten zu erkennen oder in Harmonie zu bringen.

5. **Das Prinzip des Rhythmus:** Energien bewegen sich in einem natürlichen Rhythmus. Jedes Ungleichgewicht strebt nach Ausgleich. Nichts ist von Dauer, so gehen glückliche und verzweifelte Momente gleichermaßen vorüber. Finde in dein natürliches Gleichgewicht zurück.

6. **Das Prinzip von Ursache und Wirkung:** Jede Ursache zieht eine entsprechende Wirkung nach sich und jede Wirkung liegt in einer Ursache begründet. Ursachen sind Gedanken und Handlungen. Nichts passiert zufällig. Jedes Problem ist eine Chance zu wachsen und Punkte für deinen Spieler zu sammeln.

7. **Das Prinzip des Geschlechtes:** Zur vollen Entfaltung des schöpferischen Potenzials müssen alle Qualitäten in dir angenommen und zugelassen werden, sowohl die männlichen als auch die weiblichen. Verbinde deinen Kopf mit deinem Herzen!